MW01517535

STUDENT ACTIVITIES MANUAL

Entre nosotros

STUDENT ACTIVITIES MANUAL

Entre nosotros

SECOND EDITION

◢ **Ana C. Jarvis**

Chandler-Gilbert Community College

◢ **Raquel Lebredo**

California Baptist University

◆ **Houghton Mifflin Company** ◆ Boston   New York ◆

Publisher: Rolando Hernández
Development Editor: Judith Bach
Project Editor: Harriet C. Dishman/Michael E. Packard
Associate Manufacturing Buyer: Brian Pieragostini
Executive Marketing Director: Eileen Bernadette Moran
Associate Marketing Manager: Claudia Martínez

Copyright © 2007 by Houghton Mifflin Company. All rights reserved.

No part of this work may be reproduced or transmitted in any form or by any means, electronic or mechanical, including photocopying and recording, or by any information storage retrieval system without the prior written permission of Houghton Mifflin Company unless such copying is expressly permitted by federal copyright law. Address inquiries to College Permissions, Houghton Mifflin Company, 222 Berkeley Street, Boston, MA 02116-3764.

Printed in the U.S.A.

ISBN 13: 978-0-618-52777-9
ISBN 10: 0-618-52777-X

123456789-HES-09 08 07 06 05

Contents

Preface

The **Student Activities Manual** is a fully integrated component of *Entre nosotros, Second Edition*. It reinforces the material presented in the core text and helps students develop their listening, speaking, reading, and writing skills.

The six lessons in the **Student Activities Manual** are directly correlated to the student text. Each lesson begins with the **Actividades para escribir** and is followed by **Actividades para el laboratorio** and **Actividades de video**. To use this key component of the *Entre nosotros, Second Edition* program to its best advantage, it is important that students fully understand its organization and contents.

Actividades para escribir

The **Actividades para escribir** are divided into grammar, vocabulary, and cultural exercises. The activities include question-and-answer exercises, sentence completion, sentence transformation, fill-in charts, and crossword puzzles. The vocabulary activities are new to this edition and were added to provide additional opportunities for students to practice lesson vocabulary. All activities are designed to reinforce the material introduced in class and to promote the development of students' writing skills. The cultural activities (**De viaje**) reinforce the cultural content of the **Cruzando fronteras** sections of the text. **Para escribir** provides a personalized, open-ended writing topic. For best results, students should complete the **Actividades para escribir** after the appropriate grammar and vocabulary have been introduced in class.

Actividades para el laboratorio and SAM Audio CD Program

The **Actividades para el laboratorio** accompany the *Entre nosotros, Second Edition* SAM Audio CD Program. They include listening, speaking, and writing practice for each lesson under the following headings:

ESTRUCTURA A set of three to seven exercises that provide listening and speaking practice and check mastery of the grammar topics introduced in each lesson.

DIÁLOGOS Lively conversations, interviews, and other real-life situations related to each lesson's theme are followed by questions that verify comprehension and provide oral practice.

¿LÓGICO O ILÓGICO? This exercise consists of ten to fifteen statements that students must confirm or refuse based on their understanding of key vocabulary from the lesson.

PARA ESCUCHAR Y ESCRIBIR New to this edition, this activity presents conversations and short announcements and requires students to extract and write down some basic information. Students will learn to use their overall topic knowledge to compensate for words or phrases they don't know.

Actividades de video

The Actividades de video accompany the new *Entre nosotros, Second Edition* video. Shot specifically for *Entre nosotros, Second Edition,* this brand-new video consists of six situational clips correlated with the lesson content. Each clip recycles structures and vocabulary presented in the corresponding lesson. A series of pre- and post-viewing activities assist students in understanding the new *Entre nosotros, Second Edition* video.

An Answer Key to the Student Activities Manual as well as the script for the Actividades para el laboratorio are available on the Instructors HM ClassPrep CD-ROM at the instructor's discretion.

The SAM Audio CD Program is also available for purchase.

The Student Activities Manual is an essential part of the *Entre nosotros, Second Edition* program since it reinforces the associations of sound, syntax, and meaning needed for effective communication in Spanish. Students who use the Student Activities Manual and the SAM Audio CD Program consistently will find these components of great assistance in assessing their achievements and in targeting the specific lesson features that require extra review.

We would like to hear your comments on *Entre nosotros, Second Edition* and on its Student Activities Manual. Reports of your experiences using the program would be of great interest and value to us. Please write to us, care of Houghton Mifflin Company, College Division, 222 Berkeley Street, Boston, Massachusetts 02116-3764.

Ana C. Jarvis
Raquel Lebredo

LECCIÓN 1

Actividades para escribir

Estructura

I. Los verbos *ser* y *estar*

La vida de Carlos. Carlos Saldívar habla de sí mismo (*about himself*). Complete lo siguiente, usando el presente de indicativo o el infinitivo de **ser** o **estar**.

Yo _____ To Carlos Saldívar. _____ chileno; _____
de Valparaíso, pero ahora n_____ v yo _____ en Santiago. Mi padre
_____ médico y _____ agente de seguros. Los dos
_____ muy inteligente_____ s (*educated*). En este momento (ellos)
_____ de viaje por Europa. _____ escribiendo una carta.

Yo _____ soltero, pero ten____ Hoy _____ el cumpleaños de
ella y da una fiesta. La fiesta _____ e._____ de sus padres. ¡Caramba! Ya
_____ las siete y tengo que _____ listo a las ocho para ir a su casa.
Yo siempre trato de _____ puntual. Hoy _____ de buen humor porque
saqué una buena nota en un examen y porque voy a bailar con mi novia. ¡La verdad
_____ que _____ muy contento!

II. Construcciones reflexivas

Todos nosotros. ¿Qué hacen y cómo se sienten sus amigos, su familia y Ud.? Conteste las preguntas, usando la información dada entre paréntesis.

1. ¿Cuándo se aburre Ud.? (estar en la oficina)

   _____

Copyright © Houghton Mifflin Company. All rights reserved.

2. ¿De qué se alegran ustedes? (de no estar enfermos)

_____

3. ¿De qué se arrepiente su amigo? (de no haber estudiado)

_____

4. ¿De quiénes se burlan sus compañeros de clase? (de ellos mismos)

_____

5. ¿Dónde se divierte Ud.? (en las discotecas)

_____

6. ¿Su mejor amiga se enamora fácilmente? (sí)

_____

7. ¿Por qué se enojan a veces ustedes? (tener mucho que estudiar)

_____

8. ¿De qué se olvida muchas veces? (de hacer la tarea)

_____

9. ¿Con quién se pelea a veces? (con mi hermano)

_____

10. ¿Por quiénes se preocupan sus padres? (por sus hijos)

_____

11. ¿De quiénes se quejan ustedes a veces? (de los profesores)

_____

12. ¿Cómo se siente Ud. en este momento? (muy bien)

_____

III. Pronombres de complemento directo e indirecto usados juntos

La secretaria ideal. Elena es la secretaria ideal. Ella hace todo lo que se necesita en la oficina. Teniendo esto en cuenta, diga de qué se encarga Elena.

> **MODELO:** El supervisor necesita que traduzcan unas cartas.
> *Elena se las traduce.*

1. El jefe de ventas necesita que le traigan unos informes.

_____

2. Yo necesito que me den los documentos.

_____

3. Nosotros necesitamos que nos preparen el café.

_____

4. Los jefes de departamento necesitan que les manden la lista de los empleados.

_____

Copyright © Houghton Mifflin Company. All rights reserved.

5. Tú necesitas que te compren estampillas.

_____

6. Yo necesito que me envíe la solicitud del Sr. Paz.

_____

IV. Usos y omisiones de los artículos definidos e indefinidos

Una carta de Gloria. Gloria le escribe a Alicia una carta en la que le cuenta muchas cosas. Complétela, usando el equivalente español de lo que aparece entre paréntesis.

13 de marzo

Querida Alicia:

¡Hace mucho que no sé nada de ti! ¿Cómo te va en el nuevo empleo? Yo empiezo a trabajar en

una com____a de seguros _____ (*next week*). Trabajo de lunes a jueves y

tengo _____ (*Fridays*) libres. Me van a pagar _____

(*one hun____ dólares al día más una comisión. Como voy a ganar más dinero, me voy a comprar

_____ (*another car*).

¡Una ____na noticia! ¡Ya tengo _____ (*a boyfriend*)! Es

_____ (*a professor*) en una universidad y es un encanto. Habla portugués, y

tú sabes c____ me gusta _____ (*Portuguese*).

Mi h____no consiguió un buen empleo. Trabaja _____ (*as a secretary*)

para _____ (*Mr. Lovera*). Trabaja solamente _____

(*half a day*____spués estudia. Mi hermanita sigue en _____ (*school*).

Buen____ ____lejo porque _____ (*my head hurts*) y me voy a acostar un

rato.

Cariños,

Gloria

P.D.[1] ¿Te acuerdas de tu maestra, _____ ? (*Miss Soto*) Siempre la veo en

_____ (*church*). Te manda saludos.

V. Usos de las preposiciones *por* y *para*

Conversando. Complete el diálogo entre Julia y Anita con el equivalente español de las palabras que aparecen entre paréntesis:

JULIA —¿_____ vas a estar en México, Anita? (*For how long*)

ANITA —_____. Tengo que estar de vuelta

_____. (*For a week / by August*)

JULIA —¿_____? (*What for*)

_____

[1]Post Data: *P.S.*

Copyright © Houghton Mifflin Company. All rights reserved.

ANITA —Para empezar a trabajar en la universidad. _____ mis vacaciones se terminan a fines de julio. (*Unfortunately*)

JULIA —Vas _____, ¿verdad? (*by plane*)

ANITA —Sí, no puedo ir en coche porque no tengo tiempo. ¡Tuve que pagar ochocientos dólares _____! (*for the ticket*)

JULIA —¿Viste a Marisa? Necesito verla _____ con ella. (*in order to speak*)

ANITA —Sí, ella sale _____ mañana _____. (*for Paris / in the morning*)

JULIA —A ella le encanta París. Le gusta _____ las calles elegantes y los parques. Si pudiera, se quedaría a vivir allí _____. (*walk along / forever*)

ANITA —¡Ay!, me olvidé _____ de que tenía que ayudar a Pablo a hacer un trabajo. No tenemos mucho tiempo y el trabajo todavía _____. (*completely / is to be done*)

JULIA —Bueno, hablando de otra cosa... ¿Por qué no fuiste a la fiesta de Teresa?

ANITA —No pude ir _____. (*because of the rain*)

JULIA —¡Ay, Anita! Yo iba a _____, pero te llamé y tú no estabas en tu casa. Además, ¡no era _____! (*pick you up / that bad*)

ANITA —Fui a la tienda para comprar un regalo _____. Le compré un libro de poemas _____ Emily Dickinson. (*for my mother / written by*)

JULIA —Pues yo bailé toda la noche... Conocí a Rogelio, que estudia _____. Hablamos muchísimo. (*to be a medical doctor*)

Repaso general

Pronombres personales. Complete lo siguiente, usando los pronombres personales apropiados.

1. —Necesito las planillas. ¿Tú puedes traér_____?

   —Sí, _____ _____ puedo traer esta tarde.

2. —¿Ustedes tienen la solicitud del Sr. Paz?

   —No, no _____ tenemos. ¿Tú conoces al Sr. Paz?

   —No, no _____ conozco, pero sé que es uno de los aspirantes.

   —¿Tú _____ puedes decir a la secretaria que necesitamos la solicitud?

   —Sí, _____ _____ puedo decir esta tarde.

3. —¿Usted puede encargar_____ de archivar estas carpetas?

   —No, pero Nora _____ puede archivar si usted _____ _____ da hoy.

Copyright © Houghton Mifflin Company. All rights reserved.

4. —Eva y yo _____ vamos a atrasar en todas nuestras clases porque no estamos estudiando.

   —¡Yo siempre _____ digo eso, y ustedes no _____ hacen caso!

5. —¿Tu abuelo piensa jubilar_____ el año próximo?

   —Sí, yo acabo de enterar_____ .

   —¿Y tú? ¿Crees que _____ van a dar el puesto que tú quieres?

   —No... yo no _____ hago ilusiones...

6. —Cuando tú necesitas dinero, ¿a quién _____ _____ pides?

   —No _____ _____ pido a nadie. ¡Yo trabajo!

Vocabulario

A. Circule la palabra o frase que mejor completa cada oración.

1. Tengo que llenar la planilla con (gerente, letra de molde, hoja de cálculo).

2. Antes de darme el puesto, necesitan referencias de (mis antecedentes académicos, mi antiguo jefe, mi solicitud).

3. Voy a poner las carpetas en (la grapadora, la presilladora, el archivo).

4. Si no vas a la clase te vas a (atrever, atrasar, encargar).

5. ¿Qué puesto (desempeña, archiva, domina) usted en esa compañía?

6. si papá piensa (atreverse, jubilarse, enterarse) a los sesenta y cinco años.

7. la va a hacer una (gaveta, tablilla, llamada) de larga distancia.

8. en el hospital le van a preguntar si tiene seguro de (vida, salud, automóviles).

B. ed tiene que escribirles a las siguientes personas. Indique qué frases va a usar: (a) para empezar y para terminar cada una de las cartas.

su mejor amigo(a)

a. _____

b. _____

2. a un profesor de la universidad

a. _____

b. _____

3. al administrador de una compañía en la que va a solicitar empleo

a. _____

b. _____

4. a un(a) conocido(a) (*acquaintance*)

a. _____

b. _____

Copyright © Houghton Mifflin Company. All rights reserved.

C. Crucigrama

HORIZONTAL

2. Es _____ de libros.
3. En California, es una buena idea tener seguro contra _____ .
8. *manager,* en español
10. con cordialidad
13. Necesitamos sus _____ académicos.
14. Debe llenarla con _____ de molde.
16. persona que trabaja en una oficina
18. sacacopias
20. retirarse
21. contraer una enfermedad
22. Hay muchos _____ para este trabajo.

VERTICAL

1. trabaja en _____ públicas
4. Necesito una _____ de escribir.
5. lo que se llena cuando se pide un trabajo
6. datos personales: _____ personales
7. opuesto de "comprador"
9. estar a cargo de algo
11. En un lugar donde llueve mucho es bueno tener un seguro contra _____ .
12. Probablemente trabaja en Wall Street, en Nueva York.
15. pedir
17. soñar: hacerse _____
19. cajón

Cultura

De viaje. Imagine que Ud. va a emprender un viaje por todo el mundo hispano. ¿Qué va a ver en los distintos países? ¿Qué ciudades va a visitar? ¿Qué va a aprender sobre cada país? ¡Tenga listo su pasaporte!

En esta parte del viaje, Ud. va a visitar Argentina, Chile, Uruguay, Paraguay y Bolivia.
Complete los párrafos, basándose en la información sobre estos países que aparece en el libro de texto.

Copyright © Houghton Mifflin Company. All rights reserved.

ARGENTINA

El avión aterriza en _____, la capital de Argentina, que es la

_____ ciudad más grande del mundo hispano. Como usted piensa recorrer

todo el país, tiene en su maleta todo tipo de ropa, ya que el clima es de una

_____ extraordinaria — _____ en el norte y de

temperaturas extremadamente frías en la _____ y en la

_____.

Ud. tiene muchas ganas de comer comida italiana y, como sabe que el

_____ por ciento de los habitantes del país descienden de italianos, piensa

que no va a ser un problema encontrar buenos ravioles y tallarines. Después, por supuesto, piensa ir a

bailar el _____. Con algunos de sus amigos, Ud. planea ir a ver algún espec-

táculo para turistas, donde va a escuchar ritmos _____ como la zamba y la

chacarera y ver, por fin, algún _____.

CHILE

Para ir de Argentina a Chile, el avión vuela sobre la _____. Aterriza en

_____, la capital. Si Ud. recorre Chile, va a ver que es un país largo y

_____. Los chilenos le hablan de varias islas que le pertenecen al país,

incluyendo la famosa Isla de _____.

En el norte de Chile va a encontrar _____, y en el sur,

_____. Mucha gente compara Chile con _____

por su gran belleza natural.

Entre los minerales que produce Chile, el más importante es el _____.

El país exporta principalmente productos _____ y productos

_____.

Un centro turístico internacional muy famoso que Ud. puede visitar es

_____.

Al terminar el día, un amigo chileno probablemente lo (la) va a llevar a una fiesta, donde le van a

ofrecer un vaso de _____ o de _____, y donde va

aprender a bailar la _____.

URUGUAY

Ya en el avión rumbo (*heading*) a Uruguay, usted está pensando en ir a la playa, soñando

especialmente con la ciudad balneario de _____, en el océano

_____.

Casi la mitad de los uruguayos vive en _____, la capital, donde usted

va a encontrar la mayor parte de las actividades _____, económicas y

_____ del país.

Copyright © Houghton Mifflin Company. All rights reserved.

PARAGUAY

Desde el avión usted divisa (*see*) el río Paraguay, y pronto llega a _____,
la capital. Ud. piensa practicar el español y quizás aprender algunas palabras en
_____, el otro idioma de los paraguayos.

Por la noche, sus amigos le van a hacer escuchar música de guitarra y
_____ mientras saborean (*taste*) la deliciosa comida típica del país.

Probablemente va a comprar algunos artículos de _____ para llevar
de recuerdo. Antes de continuar su viaje, quizás va a decidir visitar las famosas ruinas
_____, que datan del siglo _____.

BOLIVIA

Al acercarse a Bolivia, usted mira por la ventanilla y ve el famoso lago
_____; pronto va a terrizar en La Paz, la capital más alta del mundo.
Usted se pregunta si va a tener tiempo de visitar _____, la otra capital
boliviana.

Sabe que no va a poder ir a la playa, porque Bolivia no tiene salida al
_____.

Mientras esté en Bolivia va a oír hablar, además del español, las lenguas que hablan los indios
_____ y _____. Ahora se imagina en una plaza,
oyendo que, a lo lejos, alguien toca el _____.

Para escribir. Escríbale una carta a un amigo, describiéndole su lugar de trabajo (oficina, tienda, etc.) y háblele
de las personas con quienes trabaja. (Si usted no trabaja, describa un trabajo ideal.)

_____

_____

_____

_____

_____

_____

_____

_____

_____

_____

_____

Copyright © Houghton Mifflin Company. All rights reserved.

Actividades para el laboratorio

I. Estructura

A. Create a sentence from the words you hear by using the present indicative of **ser** or **estar** as appropriate. The speaker will verify your response. Repeat the correct answer. Follow the model.

> **MODELO:** Carlos / chileno
> *Carlos es chileno.*

B. Answer the questions, using the cues provided. The speaker will verify your response. Repeat the correct answer. Follow the model.

> **MODELO:** —¿A qué hora te levantas? (a las seis)
> —*Me levanto a las seis.*

C. Answer the questions in the affirmative, substituting direct object pronouns for the direct objects. The speaker will verify your response. Repeat the correct answer. Follow the model.

> **MODELO:** —¿Tú me traes las carpetas?
> —*Sí, te las traigo.*

D. Answer the questions, using the cues provided. Pay special attention to the use of definite and indefinite articles. The speaker will verify your response. Repeat the correct answer. Follow the model.

> **MODELO:** —¿Cuándo viene tu jefe? (semana próxima)
> —*Viene la semana próxima.*

E. Answer the questions about Andrés, using the cues provided and the prepositions **por** or **para**. The speaker will verify your response. Repeat the correct answer. Follow the model.

> **MODELO:** —¿Para qué compañía trabaja Andrés? (la compañía Sandoval)
> —*Trabaja para la compañía Sandoval.*

II. Diálogos

You will hear three dialogues, a note, and a description. Listen to each of them twice. Pay close attention to their content and also to the intonation and pronunciation patterns of the speakers.

DIÁLOGO 1   DOS AMIGAS

Ejercicio de comprensión. The speaker will ask you some questions about what you have heard. Answer them, always omitting the subject. The speaker will verify your response. Repeat the correct answer.

DIÁLOGO 2   EL ENCUENTRO

Ejercicio de comprensión. The speaker will ask you some questions about what you have heard. Answer them, always omitting the subject. The speaker will verify your response. Repeat the correct answer.

DIÁLOGO 3   OLGA

Ejercicio de comprensión. The speaker will ask you some questions about the dialogue. Answer them, always omitting the subject. The speaker will verify your response. Repeat the correct answer.

Copyright © Houghton Mifflin Company. All rights reserved.

Sr. Ortega

Ejercicio de comprensión. The speaker will ask you some questions about the note. Answer them, always omitting the subject. The speaker will verify your response. Repeat the correct answer.

Roberto Casas

Ejercicio de comprensión. The speaker will ask you some questions about Roberto Casas. Answer them, omitting the subject and paying special attention to the use of the definite and indefinite articles. The speaker will verify your response. Repeat the correct answer.

III. ¿Lógico o ilógico?

The speaker will make some statements. Circle **L** if the statement is logical and **I** if the statement is illogical. The speaker will verify your response.

1. L I   7. L I
2. L I   8. L I
3. L I   9. L I
4. L I   10. L I
5. L I   11. L I
6. L I   12. L I

IV. Para escuchar y escribir

Tome nota. You will now hear a conversation between two friends who are talking about a job interview that one of them is having. First, listen carefully for general comprehension. Then, as you listen for a second time, fill in the information requested.

LA ENTREVISTA DE SARA

Fecha de la entrevista: _____

Puesto que solicita: _____

Sueldo: _____

Tiempo completo: _____   Medio tiempo: _____

Experiencia: _____

Referencias: _____

Idiomas: _____

Copyright © Houghton Mifflin Company. All rights reserved.

Actividades de video

¡Estamos de vacaciones!

ANTES DE VER EL VIDEO

¿Quiénes, dónde, qué...? Para que Ud. tenga una idea de lo que va a ver, le damos la siguiente información.

Personajes: Isabel y Carlos (marido y mujer)
Están en: el comedor de su casa
Hablan de: seguros • la entrevista de Carlos • si Carlos consigue el puesto o no • lo que necesita Isabel • las ideas y los planes de Carlos

DESPUÉS DE VER EL VIDEO

¿Quién lo dice? Indique quién dice lo siguiente.

1. _____ Hoy viene el agente de seguros a hablar con nosotros.

2. _____ ¿A qué hora vas a estar de vuelta hoy?

3. _____ Aquí nunca hay inundaciones...

4. _____ Pero yo me considero una persona lista, organizada, eficiente.

5. _____ Yo creo que te estás haciendo ilusiones.

6. _____ ¡No te imaginas lo antipático que es el jefe de personal!

7. _____ ¡Tú siempre le pides dinero prestado y nunca se lo devuelves!

8. _____ ¿Estás soñando? ¿Cómo podemos viajar ahora...?

Comentarios. Con un(a) compañero(a), opinen sobre la personalidad de Carlos y la de Isabel. Digan también a cuál de los dos prefieren tener de amigo y por qué.

Tú y yo. Con un(a) compañero(a), hablen de lo siguiente.

1. los tipos de seguro que Uds. tienen y los que necesitan

2. cómo se sienten cuando tienen que ir a una entrevista y cómo se preparan

3. cómo se visten para ir a la entrevista

4. cómo reaccionan y qué hacen si
   a. consiguen el trabajo
   b. no consiguen el trabajo

Copyright © Houghton Mifflin Company. All rights reserved.

LECCIÓN 2

Actividades para escribir

Estructura

I. El pretérito contrastado con el imperfecto

Minidiálogos. Complete lo siguiente, usando el pretérito o el imperfecto de los verbos que aparecen entre paréntesis.

1. —¿Qué hora _____ (ser) cuando tú _____ (llegar) a casa anoche?

   —_____ (Ser) las ocho. No _____ (poder) venir antes porque _____ (tener) que ir al mercado.

2. —¿Dónde _____ (vivir) Uds. cuando _____ (ser) pequeños?

   —Nosotros _____ (vivir) en Lima, pero cuando yo _____ _____ (tener) doce años, mi familia y yo _____ (mudarse) a Bogotá.

3. —Anoche, cuando yo _____ (ir) a la biblioteca _____ (ver) un accidente en la calle Tercera.

   —¿_____ (Morir) alguien?

   —No, no _____ (morir) nadie, pero _____ (haber) tres heridos.

4. —¿Qué te _____ (decir) el entrenador ayer?

   —Me _____ (decir) que yo _____ (necesitar) practicar más.

   —¿Tú _____ (jugar) anoche?

   —No, porque me _____ (doler) mucho la rodilla.

Copyright © Houghton Mifflin Company. All rights reserved.

5. —¿ _____ (Llover) mucho cuando tú _____ (salir) de tu casa
esta mañana?

—Sí, y _____ (hacer) mucho frío. Yo no _____ (tener) ganas
de ir a la oficina, pero _____ (tener) que ir a trabajar.

II. Verbos que cambian de significado en el pretérito

Minidiálogos. Complete lo siguiente, usando el pretérito o el imperfecto de los verbos que aparecen entre paréntesis.

1. —¿Elena _____ (saber) que Roberto era uno de los jugadores?

—No, lo _____ (saber) ayer, cuando lo vio en el estadio.

—¿Habló con él?

—No, no _____ (querer) hablarle.

2. —¿Tú no _____ (conocer) al entrenador?

—No, lo _____ (conocer) anoche, en el estadio.

3. —¿Cuánto te _____ (costar) el billete a Cancún?

—Quinientos dólares.

—¿No viajaste a Lima?

—No, yo _____ (querer) ir, pero el pasaje _____ (costar) más
de mil dólares.

III. Comparativos de igualdad y de desigualdad

COMPARACIONES

A. Compare lo siguiente.

1. Carlos: 6'3" / Esteban: 6'3"

_____

2. Argentina / Paraguay

_____

3. Eva: 12 años / Aurora: 15 años

_____

4. Daniel: cien libros / Héctor: cien libros

_____

5. El Hotel Hilton / El Motel 6

_____

6. La nota de Luis: F / La nota de Raúl: D

_____

Copyright © Houghton Mifflin Company. All rights reserved.

Nombre _____ Sección _____ Fecha _____

B. Complete lo siguiente, usando el equivalente español de las palabras que aparecen entre paréntesis.

1. Uruguay es _____ Suramérica.
   (*the smallest country in*)

2. Luisa es _____ la clase. (*the prettiest in*)

3. Estas lecciones son _____ libro. (*the most difficult in the*)

4. José y Raúl son _____ la familia. (*the least intelligent in*)

5. El examen fue _____. (*extremely difficult*)

IV. Algunas preposiciones

Minidiálogos. Complete lo siguiente, usando las preposiciones **a, de, en** o **con,** según convenga.

1. —¿Cuándo llega Maribel _____ San José?

   —El sábado _____ las diez _____ la mañana. Empieza _____ trabajar el lunes.

   —¿Viene _____ tren?

   —No, viene _____ avión. Tengo un papel con el número del vuelo _____ mi escritorio.

2. —Ana quiere casarse _____ Guillermo, pero él no está enamorado _____ ella.

   —Lo sé, pero no me atrevo _____ decírselo.

   —Si se lo dices, ella se va _____ negar _____ creerlo. Va a pensar que se lo estás diciendo _____ broma porque ella piensa que él sueña _____ ser su esposo.

3. —¿Tú me vas _____ ayudar _____ terminar el trabajo?

   —Pero tú siempre me dices que no necesitas _____ nadie.

   —Es verdad. Voy _____ tratar _____ hacerlo yo sola.

4. —¿Vas _____ la conferencia? Es _____ el centro cívico y van a hablar _____ la música latina.

   —Sí, y voy _____ llevar _____ Claudia.

   —¿Claudia? No la conozco. ¿Cómo es ella?

   —Es morena, _____ ojos castaños y es muy simpática.

   —¿Asiste _____ la universidad?

   —Sí, acaba _____ matricularse este semestre. Es la mejor estudiante _____ mi clase de música.

5. —Julián me va _____ enseñar _____ bailar.

   —¿Ah, sí? Yo quiero aprender _____ bailar el tango.

Copyright © Houghton Mifflin Company. All rights reserved.

Repaso general

El pretérito de algunos verbos. Complete el siguiente gráfico.

	Infinitivo	yo	tú	Ud., él, ella	nosotros	Uds., ellos, ellas
1.	ir		fuiste			
2.		di		dio		
3.	tener		tuviste			
4.		estuve		estuvo		
5.	andar		anduviste		anduvimos	
6.		pude		pudo		pudieron
7.	ser		fuiste		fuimos	
8.		dispuse		dispuso		
9.	saber		supiste		supimos	
10.		hice		hizo		hicieron
11.	venir		viniste		vinimos	
12.		quise		quiso		quisieron
13.	decir		dijiste		dijimos	
14.		traje		trajo		trajeron
15.			condujiste			
16.		pedí			pedimos	
17.	dormir		dormiste			durmieron
18.				vio		
19.	caber			cupo		
20.	servir		serviste			

Copyright © Houghton Mifflin Company. All rights reserved.

Nombre _____ Sección _____ Fecha _____

Vocabulario

A. Combine las dos columnas.

LOS DEPORTES

1. alpinismo _____

2. ciclismo _____

3. baloncesto _____

4. natación _____

5. béisbol _____

6. tenis _____

LO QUE HACEN

a. nadar

b. escalar montañas

c. usar una raqueta

d. usar un bate y un guante de pelota

e. montar en bicicleta

f. jugar en un equipo de cinco jugadores

B. Combine las dos columnas.

LAS ACTIVIDADES AL AIRE LIBRE

1. acampar _____

2. remar _____

3. hacer una caminata _____

4. ir de pesca _____

5. hacer surfing _____

LO QUE NECESITAN

a. una canoa

b. una caña de pescar

c. una tabla de mar

d. un saco de dormir

e. una mochila

C. Combine las dos columnas.

LUGARES

1. el hipódromo _____

2. el cine _____

3. el teatro _____

4. la ciudad _____

ACTIVIDADES

a. ver una obra teatral

b. pasear en coche

c. ver una carrera de caballos

d. ver una película

Copyright © Houghton Mifflin Company. All rights reserved.

D. Crucigrama

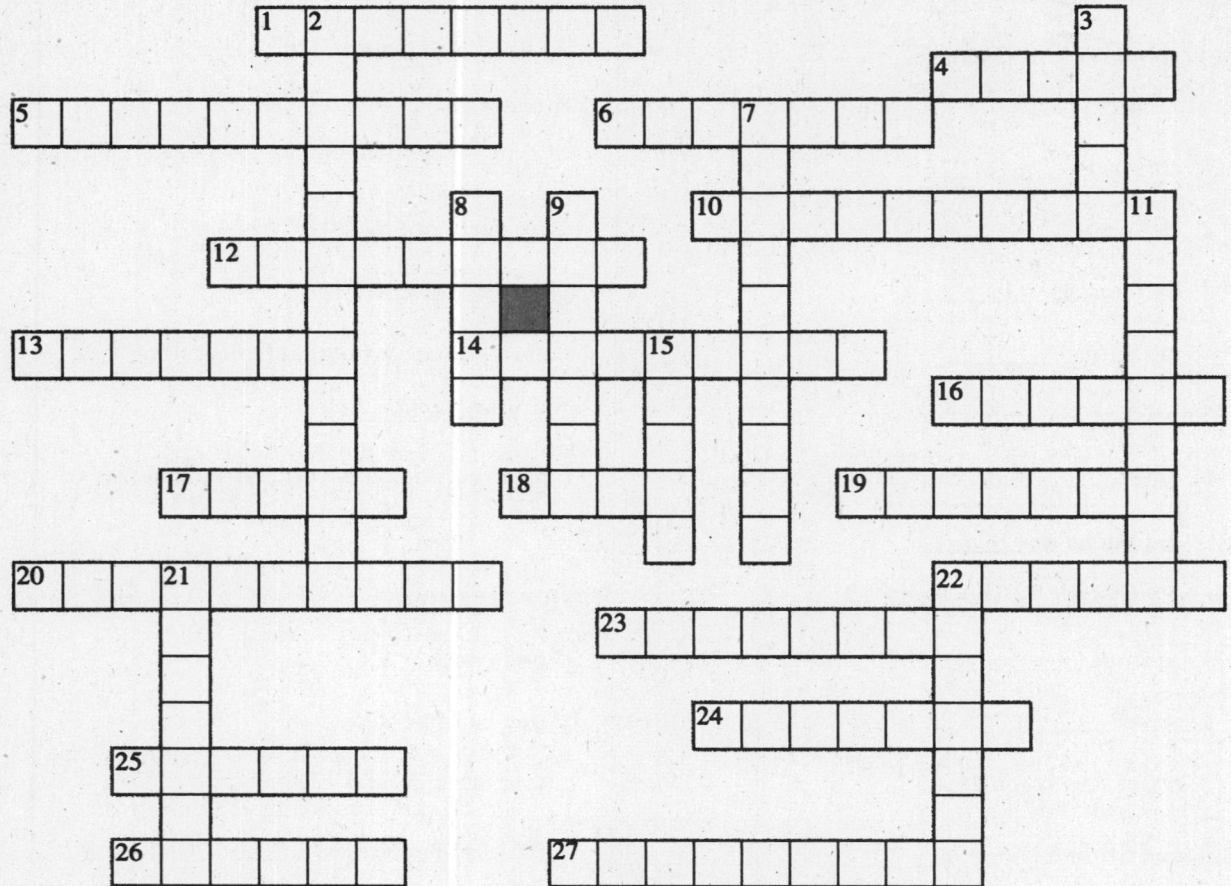

HORIZONTAL

1. La vemos en el cine.
4. opuesto de "perder"
5. Montan a caballo. Practican la ____.
6. persona que juega
10. opuesto de "aburrirse"
12. *to enjoy* en español
13. lugar donde se juegan fútbol, béisbol, etc.
14. Voy al ____ para ver las carreras de caballos.
16. balón
17. el saco de dormir: la ____ de dormir
18. Se usa para pescar: la ____ de pescar
19. subir montañas: ____ montañas
20. persona que entrena
22. Leo la ____ deportiva.
23. caminar: hacer una ____

24. Nadar es un ____ acuático.
25. barco de vela
26. cartas
27. Sube montañas. Practica el ____.

VERTICAL

2. persona que hace excursiones
3. Los necesitamos para jugar al golf: los ____ de golf
7. *fan,* en español (*fem.*)
8. No me gusta la ____ libre.
9. Necesito una tienda de ____ para ir a acampar.
11. No perdieron ni ganaron: ____ el juego.
15. Ellos juegan a las ____ chinas.
21. Para jugar al tenis necesito una ____.
22. juego

Copyright © Houghton Mifflin Company. All rights reserved.

Cultura

De viaje. En esta parte del viaje Ud. va a visitar Perú, Ecuador, Colombia y Venezuela. Complete los párrafos, basándose en la información que sobre estos países aparece en el libro de texto.

PERÚ

Durante su viaje a Perú Ud. piensa en los contrastes que va a ver allí: altas

_____, espesas _____ y áridos

_____.

En _____, la capital, Ud. va a visitar la Universidad Nacional de

_____, la más antigua de la América del Sur.

Después de pasar dos días en Lima, Ud. toma un avión para ir a la antigua ciudad de

_____, la capital del imperio inca, y de allí toma un tren para visitar las

famosas ruinas de _____.

De regreso a Lima, Ud. compra objetos de cobre, de _____ y de

_____ para llevarlos de recuerdo y se despide de Perú.

ECUADOR

Aquí está Ud. en el país que se encuentra en la línea del _____.

Piensa pasar unos días en _____, la capital, una de las ciudades más

antiguas del hemisferio _____. Por supuesto también planea visitar la

ciudad más grande y más activa del país, que es _____.

Con unos amigos ecuatorianos Ud. va a visitar las islas _____,

consideradas por su fauna y flora como centro _____ de primer orden.

_____ hizo en estas islas la mayor parte de sus estudios sobre la

_____ de las especies.

COLOMBIA

En Colombia, el único país nombrado en honor de _____, Ud. sabe

que va a disfrutar de unos días de playa porque esta nación tiene costas en el

_____ y en el _____.

Como estudiante del idioma español, a Ud. le parece interesante estar en el país donde,

probablemente, se habla el español más _____ de toda América, y saber

que está en la patria de _____, autor de una de las principales gramáticas

de la _____ española.

Copyright © Houghton Mifflin Company. All rights reserved.

En _____, la capital, Ud. va a ir a algunas discotecas donde seguramente va a escuchar algunos ritmos colombianos como la _____ y el _____ y también otros ritmos latinoamericanos como la _____ y el _____. El fin de semana va a ir a un partido de _____ y quizás también a ver una _____ de toros. Por supuesto Ud. piensa saborear (*taste*) una taza de _____ colombiano, uno de los mejores del mundo.

¿Cree Ud. que va a tener bastante dinero para comprar alguna joya de _____? En Colombia se encuentran las más famosas del mundo.

VENEZUELA

Ud. ha llegado al extremo norte de Suramérica; ya está en _____, la capital de Venezuela. Ahora está en la zona _____, donde se encuentran las ciudades más grandes del país, pero pronto irá hacia el sur, pues tiene mucho interés en ver las _____ y las famosas Cataratas del _____, que son las más _____ del mundo.

Alguien le ha hablado de la hermosa isla de _____, que es un famoso centro de _____, y Ud. tiene muchas ganas de ir allí.

Ud. va a alquilar un coche para visitar distintos lugares, porque sabe que Venezuela tiene una magnífica red de _____ y _____. Antes que nada, quiere ver el monumento a Simón Bolívar, el _____ de cinco países de Suramérica, que nació en Caracas.

Para escribir. Compare los deportes y diversiones que le gustaban cuando era niño(a) con los que prefiere ahora. ¿Han cambiado sus preferencias? Dé detalles.

_____

_____

_____

_____

_____

_____

_____

_____

_____

_____

Copyright © Houghton Mifflin Company. All rights reserved.

Actividades para el laboratorio

I. Estructura

A. Answer the questions, using the cues provided. Pay special attention to the use of the preterit or the imperfect. The speaker will verify your response. Repeat the correct answer. Follow the model.

> **MODELO:** ¿Dónde vivías tú cuando eras pequeño? (California)
> *Vivía en California.*

B. Answer the questions, using the cues provided. The speaker will verify your response. Repeat the correct answer. Follow the model.

> **MODELO:** ¿Quién es más inteligente, Daniel o Víctor? (Daniel)
> *Daniel es más inteligente que Víctor.*

C. Answer the questions, using the cues provided. Pay special attention to the use of prepositions. The speaker will verify your response. Repeat the correct answer. Follow the model.

> **MODELO:** ¿Quién te enseñó a nadar? (mi mamá)
> *Mi mamá me enseñó a nadar.*

II. Diálogos

You will hear three dialogues. Listen to each dialogue twice. Pay close attention to the content of the dialogues and also to the pronunciation and intonation patterns of the speakers.

DIÁLOGO 1   UNA ENTREVISTA

Ejercicio de comprensión. The speaker will ask you some questions about the dialogue. Answer them, omitting the subject whenever possible. The speaker will verify your response. Repeat the correct answer.

DIÁLOGO 2   GRACIELA

Ejercicio de comprensión. The speaker will ask you some questions about the dialogue. Answer them, omitting the subject whenever possible. The speaker will verify your response. Repeat the correct answer.

DIÁLOGO 3   ROSALBA

Ejercicio de comprensión. The speaker will ask you some questions about the dialogue. Answer them, omitting the subject whenever possible. The speaker will verify your response. Repeat the correct answer.

III. ¿Lógico o ilógico?

The speaker will make some statements. Circle **L** if the statement is logical and **I** if it is illogical. The speaker will verify your response.

1. L I	6. L I	11. L I
2. L I	7. L I	12. L I
3. L I	8. L I	13. L I
4. L I	9. L I	14. L I
5. L I	10. L I	15. L I

Copyright © Houghton Mifflin Company. All rights reserved.

IV. Para escuchar y escribir

Tome nota. You will now hear two friends talking about their weekend plans. First, listen carefully for general comprehension. Then, as you listen for the second time, fill in the information requested.

¿Cuándo?	Sergio	Eva	Víctor

Copyright © Houghton Mifflin Company. All rights reserved.

Actividades de video

De vacaciones

ANTES DE VER EL VIDEO

¿Quiénes, dónde, qué...? Para que Ud. tenga una idea de lo que va a ver, le damos la siguiente información.

Personajes: Isabel y Carlos • Doña Eva (la tía de Isabel)

Están en: la sala primero y el patio después

Hablan de: los planes de Isabel • las preferencias de Carlos • las preferencias de Isabel • lo que deciden hacer

DESPUÉS DE VER EL VIDEO

¿Quién lo dice? Indique quién dice lo siguiente.

1. _____ Dos pasajes de ida y vuelta a Río

2. _____ ¿Acabas de llegar?

3. _____ Vamos a ir a la agencia de viajes a comprar los pasajes.

4. _____ ¿Qué te parece mi traje de baño nuevo?

5. _____ Tengo que aprender a armar la tienda de campaña.

6. _____ Tú nunca quieres ir a acampar...

7. _____ ¡Y no tienes que preocuparte! Yo me encargo de todo.

8. _____ Pero el año que viene... ¡vamos a África!

Comentarios. Ud. y un(a) compañero(a), digan lo que saben ahora de Carlos y de Isabel, que no sabían antes.

Tú y yo. Con un(a) compañero(a), hablen de lo siguiente.

1. las vacaciones que Uds. tomaban cuando eran niños(as)

2. lo que les gustaba hacer y lo que no les gustaba hacer

3. los planes que tienen para sus próximas vacaciones

4. el tipo de vacaciones que Uds. consideran "ideal"

Copyright © Houghton Mifflin Company. All rights reserved.

LECCIÓN 3

Actividades para escribir

Estructura

I. El participio pasado

Minidiálogos. Complete lo siguiente, usando el equivalente español de las palabras que aparecen entre paréntesis.

1. —¿Las chicas están _____? (*asleep*)

   —No, están _____ . (*awake*)

2. —¿La ventana está _____? (*closed*)

   —Sí, pero está _____ .(*broken*)

3. —¿Terminaste todo el trabajo?

   —Sí, las cartas están _____ y los regalos están _____ .

   (*written / wrapped*)

4. —El presidente _____ promete que los problemas pronto estarán solucionados.

   (*elect*)

   —¡Lo dudo!

5. —¿Por qué no quieres entrar en la casa?

   —Porque los perros están _____ . (*loose*)

Copyright © Houghton Mifflin Company. All rights reserved.

II. El pretérito perfecto

Nunca... Escriba lo que las siguientes personas nunca han hecho, usando el pretérito perfecto.

> **MODELO:** yo / estar en Caracas
> *Yo nunca he estado en Caracas.*

1. nosotros / tener una caja de seguridad

   _____

2. tú / usar el servicio de habitación

   _____

3. Marcela / ver un castillo

   _____

4. yo / hacer un crucero

   _____

5. Silvia y Alicia / hospedarse en un hotel de cinco estrellas

   _____

6. nosotros / pagar por adelantado en un hotel

   _____

7. yo / ir a un lugar histórico

   _____

8. Uds. / viajar en primera clase

   _____

9. mis padres / querer viajar en avión

   _____

10. Ud. / ser pesimista

   _____

III. El pluscuamperfecto

Rogelio está de vuelta. Cuando Rogelio llegó anoche al hotel, sus compañeros de viaje ya habían hecho muchas cosas. Use el pluscuamperfecto para indicar lo que se había hecho ya.

> **MODELO:** Estela / preparar unas bebidas
> *Estela ya había preparado unas bebidas.*

1. los chicos / volver de la excursión

   _____

2. Antonio y yo / ir al consulado

   _____

3. tú / poner el dinero en la caja de seguridad

   _____

4. Uds. / devolver los folletos del guía

   _____

Copyright © Houghton Mifflin Company. All rights reserved.

5. yo / hacer una llamada al hotel

_____

6. el camarero / servir la cena

_____

7. Rafael / hablar con el gerente

_____

8. nosotros / conseguir las reservaciones

_____

IV. El futuro

Mañana... Esto es lo que todas estas personas no han podido hacer. Indique que lo podrán hacer mañana.

> MODELO: Inés no ha podido hablar con su profesor.
> *Hablará con su profesor mañana.*

1. Nosotros no hemos podido salir temprano.

_____

2. Ellos no han podido tener la reunión.

_____

3. Tú no has podido hacer las reservaciones.

_____

4. Yo no he podido poner el dinero en el banco.

_____

5. Usted no ha podido venir con Teresa.

_____

6. Gustavo y tú no han podido ir a la agencia de viajes.

_____

7. Nosotros no hemos podido volver a la casa de Eva.

_____

8. Mi prima no ha podido resolver sus problemas.

_____

V. El condicional

Antes del viaje. Escriba lo que todas estas personas harían antes de salir de viaje. Use el condicional.

1. Yo _____ (hacer) las maletas.
2. Mi hermana _____ (reservar) las habitaciones.
3. Mis padres _____ (comprar) los pasajes.
4. Tú _____ (dejar) instrucciones para la criada (*maid*).
5. Mis hermanos y yo _____ (cubrir) los muebles.
6. Mi padre _____ (pagar) todas las cuentas.
7. Ustedes _____ (comprar) cheques de viajero.

Copyright © Houghton Mifflin Company. All rights reserved.

VI. El futuro y el condicional para expresar probabilidad o conjetura

Probabilidades. Complete lo siguiente, usando el futuro o el condicional, según corresponda.

1. ¿Dónde _____ (estar) mi hermana en este momento?

2. ¿Qué hora _____ (ser) cuando Alma llegó anoche?

3. ¿Cuánto _____ (costar) un pasaje a Venezuela ahora?

4. ¿Con quién _____ (salir) mi primo esta noche?

5. ¿Adónde _____ (ir) los chicos ayer?

6. ¿Qué _____ (hacer) mi papá en el parque anoche?

7. ¿De quién _____ (ser) este pasaporte que está aquí?

8. ¿Cuánto _____ (valer) la casa que Ernesto compró?

9. ¿Dónde _____ (poner) Nora los folletos anoche?

10. La azafata es muy bonita. ¿Cuántos años _____ (tener)?

Vocabulario

A. Combine lo que aparece en la columna A con lo que aparece en la columna B.

A	B
1. el asiento _____	a. sencillo
2. la clase _____	b. sin escalas
3. el pasaje _____	c. de estacionamiento
4. el vuelo _____	d. de espera
5. la caja _____	e. de embarque
6. el cuarto _____	f. de salida
7. la lista _____	g. turista
8. el servicio _____	h. de pasillo
9. la zona _____	i. de seguridad
10. la tarjeta _____	j. de equipaje
11. el detector _____	k. de ida y vuelta
12. la puerta _____	l. de habitación
13. el chaleco _____	m. de emergencia
14. el compartimiento _____	n. salvavidas
15. la salida _____	o. de metales

Copyright © Houghton Mifflin Company. All rights reserved.

B. Combine las dos columnas.

EN ESTAS SITUACIONES

1. Quiere hospedarse en un hotel. _____
2. No puede viajar. _____
3. Está listo para irse del hotel. _____
4. Tiene que esperar para facturar el equipaje. _____
5. Le traen el almuerzo en el avión. _____
6. El avión va a despegar. _____
7. Quiere tomar algo. _____
8. Trae muchas cosas de un país extranjero. _____

LO QUE HACE EL VIAJERO

a. Reserva un cuarto.
b. Desocupa el cuarto.
c. Se abrocha el cinturón de seguridad.
d. Lo pone en la mesita.
e. Llama a la azafata.
f. Cancela la reservación.
g. Paga derechos de aduana.
h. Se pone en la cola.

C. Crucigrama

HORIZONTAL

1. Quiero un pasaje de ida y _____.
3. ¿Tengo que pagar _____ de aduana?
6. Quiero un asiento de pasillo y uno de _____.
8. pasaje
14. Pongo el bolso de mano en el _____ de equipajes.
16. auxiliar de vuelo
17. AVIANCA, MEXICANA, DELTA, por ejemplo
19. Quiero un asiento en la sección de no _____.
20. opuesto de "llegada"
21. Al abordar tienen que entregar la tarjeta de _____.
22. Tienen que _____ en la cola.
23. opuesto de "despegar"

VERTICAL

2. maletas y bolsos de mano
4. Tienen que ponerse el chaleco _____.
5. Mi asiento está en la _____ 34.
7. Tienen que _____ el cinturón de seguridad.
9. vuelo directo: vuelo sin _____
10. Nos enseñó a usar la _____ de oxígeno.
11. Es americano, pero no vive en los Estados Unidos; vive en el _____.
12. documento que se necesita para viajar a otro país
13. Tenemos que pasar por el detector de _____.
15. opuesto de "confirmar"
18. atraso

Copyright © Houghton Mifflin Company. All rights reserved.

Cultura

De viaje. En esta parte del viaje va a visitar Cuba, la República Dominicana, Puerto Rico y Panamá. Complete los párrafos, basándose en la información que sobre estos países aparece en el libro de texto.

CUBA

Ud. está ahora en Cuba, a sólo _____ millas al sur de la Florida. Admira las bellísimas playas, muchas de las cuales están reservadas sólo para los

_____ . En _____ , la capital, compra unos

"_____" para algún amigo fumador.

Ud. había oído hablar de la música cubana —el *son*, el *danzón*, el _____ ,

la _____ , la *conga*, el _____ y el

_____— y espera escucharla.

Antes de irse a la República Dominicana, Ud. decide visitar la Isla de

_____ , llamada también Isla de la _____ .

REPÚBLICA DOMINICANA

En el Mar Caribe, la segunda isla antillana que Ud. va a visitar es la isla que Colón llamó "La

_____". Desde el avión ve el Pico Duarte, la

_____ más alta del Caribe. Cuando llega a

_____ , la capital de la República Dominicana, recuerda que alguien le

había dicho que ésa había sido la primera ciudad _____ fundada en el

Nuevo _____ . Recorre la _____ colonial, que

es uno de los grandes _____ de la América Hispana actual. No quiere dejar

de ver la Catedral de Santa _____ la Menor, porque dicen que allí están los

restos de _____ .

Por la noche, está invitado(a) a una fiesta, donde bailará el _____ y

probablemente escuchará también algunos ritmos norteamericanos.

PUERTO RICO

Aquí está Ud. ya en _____ , la capital de Puerto Rico, que es un

Estado _____ Asociado a los Estados Unidos. Aquí la gente habla español e

_____ , que son las dos _____ oficiales del

país. Como todos los turistas, Ud. va a ir al _____ San Juan, donde segura-

mente visitará el castillo del _____ , construido para defender la ciudad de

los ataques de los _____ y de los _____ .

Copyright © Houghton Mifflin Company. All rights reserved.

Al escuchar la música de Puerto Rico, Ud. nota la influencia de _____
y de _____, pero también la de Estados Unidos, especialmente entre los
_____

PANAMÁ

Ud. ha llegado a Panamá, que está situado en el istmo que une la _____
con la _____. Ud. está ahora en la capital, pero piensa visitar Colón, su
_____ ciudad más importante.

Ud. quiere comprar algunos recuerdos para sus amigos, pero no tiene
_____, la moneda nacional; pero como sabe que en Panamá se usa mucho el
dólar, no se preocupa.

Esta tarde Ud. va a ir a un partido de _____, que es el deporte más
popular del país. El fin de semana va a visitar el interior del país, que está empezando a ser visitado
por los turistas que han descubierto sus bellezas _____.

Para escribir. Describa un viaje que Ud. hizo en el pasado. ¿Adónde fue? ¿Cómo llegó a su destino y cuánto le costó viajar? ¿Con quién viajó y dónde se hospedó? ¿Qué cosas hizo para divertirse?

_____

_____

_____

_____

_____

_____

_____

_____

_____

_____

_____

Copyright © Houghton Mifflin Company. All rights reserved.

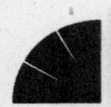

Actividades para el laboratorio

I. Estructura

A. Form sentences using the verb **estar** and the *past participle* of the verb given. The speaker will verify your response. Repeat the correct answer. Follow the model.

> **MODELO:** la puerta / abrir
> *La puerta está abierta.*

B. Answer the questions, using the present perfect and the cues provided. The speaker will verify your response. Repeat the correct answer. Follow the model.

> **MODELO:** ¿Tú vas a esa playa? (sí, muchas veces)
> *Sí, muchas veces he ido a esa playa.*

C. In each of the sentences, change the verb that tells what happened so that it tells what had happened, using the past perfect. The speaker will verify your response. Repeat the correct answer. Follow the model.

> **MODELO:** Ellos leyeron los folletos.
> *Ellos habían leído los folletos.*

D. In each of the sentences, change the verb that tells what is going to happen so that it tells what will happen, using the future tense. The speaker will verify your response. Repeat the correct answer. Follow the model.

> **MODELO:** Nélida va a salir de viaje.
> *Nélida saldrá de viaje.*

E. Use the conditional and the cues given to say that the people mentioned would not do what the others do. The speaker will verify your response. Repeat the correct answer. Follow the model.

> **MODELO:** Ana lleva dos maletas. (yo)
> *Yo no llevaría dos maletas.*

F. Answer the questions using the cues provided and the future tense to express probability or conjecture in the present. The speaker will verify your response. Repeat the correct answer. Follow the model.

> **MODELO:** ¿Cuántos años tiene Anita? (unos veinte años)
> *Tendrá unos veinte años.*

G. Answer the questions, using the cues provided and using the conditional tense to express probability or conjecture in the past. The speaker will verify your response. Repeat the correct answer. Follow the model.

> **MODELO:** ¿Qué hora era cuando él vino? (las dos)
> *Serían las dos.*

Copyright © Houghton Mifflin Company. All rights reserved.

II. Diálogos

You will hear three dialogues. Listen to each dialogue twice. Pay close attention to the content of the dialogues and also to the pronunciation and intonation patterns of the speakers.

DIÁLOGO 1   OLGA

Ejercicio de comprensión. The speaker will ask you some questions about the dialogue. Answer them, always omitting the subject. The speaker will verify your response. Repeat the correct answer.

DIÁLOGO 2   FERNANDO Y VERÓNICA

Ejercicio de comprensión. The speaker will ask you some questions about the dialogue. Answer them, always omitting the subject. The speaker will verify your response. Repeat the correct answer.

DIÁLOGO 3   LUIS Y SONIA

Ejercicio de comprensión. The speaker will ask you some questions about the dialogue. Answer them, omitting the subject whenever possible. The speaker will verify your response. Repeat the correct answer.

III. ¿Lógico o ilógico?

The speaker will make some statements. Circle **L** if the statement is logical and **I** if it is illogical. The speaker will verify your response.

1. L I   6. L I   11. L I
2. L I   7. L I   12. L I
3. L I   8. L I   13. L I
4. L I   9. L I   14. L I
5. L I   10. L I   15. L I

IV. Para escuchar y escribir

Tome nota. You will now hear an ad from a travel agency advertising a tour to Puerto Rico. First, listen carefully for general comprehension. Then, as you listen for a second time, fill in the information requested.

UN VIAJE A PUERTO RICO

Nombre de la agencia: _____

Destino: _____

Precio del viaje: _____

Incluye: _____, _____,

_____ y _____

Lugares de interés: _____, _____

_____ y _____

Días de salida: _____   Hora: _____

Copyright © Houghton Mifflin Company. All rights reserved.

Actividades de video

Dos amigas... dos hoteles

ANTES DE VER EL VIDEO

¿Quiénes, dónde, qué...? Para que Ud. tenga una idea de lo que va a ver, le damos la siguiente información.

Personajes: Claudia (la hermana de Carlos) • Silvia (la hermana de Isabel) • El empleado del hotel • El botones

Están en: el vestíbulo de un hotel malísimo

Hablan de: este hotel, comparado con el hotel Magnolia • lo que el hotel no tiene • los planes de las chicas

DESPUÉS DE VER EL VIDEO

¿Quién lo dice? Indique quién dice lo siguiente.

1. _____ Vamos al hotel Magnolia. ¡Es mucho mejor que éste!

2. _____ Los cuartos no tienen baño privado.

3. _____ Pero tienen televisor y teléfono, ¿no?

4. _____ ¡Tú me habías prometido que íbamos a nadar un rato!

5. _____ ¡Abriremos la ventana!

6. _____ Veinte dólares por noche.

7. _____ Estoy cansada y tengo sueño.

8. _____ Mañana vendré a buscarte a las doce.

Comentarios. Ud. y un(a) compañero(a), hablen de Claudia y de Silvia y digan con cuál de las chicas les gustaría viajar y por qué.

Tú y yo. Con un(a) compañero(a), hablen de lo siguiente.

1. el tipo de hotel en el que les gusta hospedarse

2. el tipo de cuarto que piden cuando viajan

3. si usan o no la piscina y el gimnasio del hotel y por qué

4. los lugares que les gusta visitar cuando viajan

5. lo que les gusta hacer cuando viajan a otras ciudades o a otros países

6. adónde les gustaría viajar

Copyright © Houghton Mifflin Company. All rights reserved.

LECCIÓN 4

Actividades para escribir

Estructura

I. El futuro perfecto

Para entonces... Escriba lo que Ud. y otras personas habrán hecho para varias horas del día, usando el futuro perfecto de los verbos que aparecen entre paréntesis.

1. Yo _____ (levantarse) para las seis de la mañana.

2. Tú _____ (salir) de tu casa para las ocho.

3. Carlos y yo _____ (volver) de la universidad para las tres.

4. Rafael _____ (terminar) los bosquejos para las cinco.

5. Los chicos _____ (estudiar) para las seis.

6. Uds. _____ (hacer) todo el trabajo para las siete y media.

7. Teresa _____ (cenar) para las nueve.

8. Mis padres _____ (acostarse) para las once.

II. El condicional perfecto

Un poco de cultura. Indique lo que Ud. y estas otras personas habrían hecho, usando el condicional perfecto de los verbos que aparecen entre paréntesis.

1. Yo _____ (tomar) una clase de arte.

2. Magdalena _____ (estudiar) piano.

3. Tú y yo _____ (ir) al concierto.

4. Nuestros amigos _____ (asistir) a la conferencia.

5. Ud. _____ (decir) que va a ir al museo.

Copyright © Houghton Mifflin Company. All rights reserved.

6. Arturo _____ (aprender) a tocar el violín.

7. Tú _____ (escuchar) música clásica.

8. Uds. _____ (tocar) la guitarra.

III. Los pronombres relativos

¿Quién es quién? Combine los siguientes pares de oraciones, usando **que**, **quien(es)** o **cuyo**.

> **MODELO:** Ésta es la señora. / La señora vino ayer.
> *Ésta es la señora que vino ayer.*

1. Éstos son los cantantes. / Los cantantes trabajan aquí.

2. Carlos Paz es el concertista. / Yo le hablé del concertista.

3. Éste es el señor. / Su hija llamó esta mañana.

4. Salimos con las chicas. / Las chicas preguntaron por ti.

5. Ése es el director. / Sus hijos hablaron con nosotros.

6. Éste es el piano. / Yo compré el piano.

7. Ésta es la pintora. / Sus cuadros se exhiben hoy.

8. Marcela y Nora son las chicas cubanas. / Luis bailó con las chicas cubanas.

IV. La voz pasiva

El mundo del arte. Cambie las siguientes oraciones a la voz pasiva.

1. Velázquez pintó el cuadro "Las Meninas".

2. Ana María Sanz escribirá los artículos.

3. Elba compraba todos los cuadros para el museo.

4. El dueño de la galería entrevista a todos los empleados.

5. Anunciaron la exposición en el periódico.

6. Esa editorial publicará mi novela.

7. Un poeta hondureño ha escrito este poema.

8. El Museo del Prado había comprado esos cuadros.

V. Expresiones idiomáticas

¿Cómo lo decimos...? Complete lo siguiente usando el equivalente español de lo que aparece entre paréntesis.

1. _____ cuando ellos dicen eso. _____

   puedo aceptar sus opiniones. (*It makes me furious / (In) no way*)

2. Tú siempre _____. (*pull his leg*)

3. No sé qué hacer. Estoy _____. ¡Voy a

   _____! (*between a rock and a hard place / go crazy*)

4. Dijo que iba a ir al cine con nosotros, pero _____. No importa;

   lo veremos mañana _____. (*he changed his mind / in any case*)

Copyright © Houghton Mifflin Company. All rights reserved.

5. Quiero _____, señorita Soto. (*ask you a question*)

6. No quiero _____ la fiesta de Lucía. Además, Eva quiere que

yo la _____. (*miss out on / go with*)

7. Ana siempre dice lo que piensa. _____, pero

_____. (*She's very outspoken / I like her*)

8. _____ de ver a mis amigos. (*I can't wait*)

9. Cuando él dijo que ella era muy egoísta, _____. (*he hit the nail
on the head*)

10. _____ de que él no venga hoy. (*It's not my fault*)

11. Las esculturas de Miguel Ángel son _____. (*worth seeing*)

12. _____ vino a la fiesta. (*Everybody*)

13. _____ todos se van a mudar a otra casa. (*In the long run*)

14. No es mala. _____, es una persona muy generosa. (*On the
contrary*)

15. _____ que Olga viva en este lugar, pero decidió venir porque los

cursos que ella necesita no se ofrecen _____. (*It seems incredible /
nowhere [anywhere] else*)

Vocabulario

A. ¿Con quiénes relacionaría Ud. lo siguiente? ¿Con un pintor, con un escultor o con un músico?

pincel	mármol	saxofón	autorretrato	madera	acuarela
contrabajo	bronce	óleo	trombón	lienzo	piedra
paleta	batería	busto	trompeta	pintura	

UN PINTOR	UN ESCULTOR	UN MÚSICO
1.	1.	1.
2.	2.	2.
3.	3.	3.
4.	4.	4.
5.	5.	5.
6.		
7.		

Copyright © Houghton Mifflin Company. All rights reserved.

B. Combine las dos columnas.

A	B
1. Emily Dickinson _____	a. novela
2. Hemingway _____	b. tema
3. Edgar Allan Poe _____	c. fábula
4. Arthur Miller _____	d. lo que sucede
5. Esopo _____	e. cuento
6. Tom Sawyer _____	f. dramaturgo
7. el amor _____	g. poesía
8. la trama _____	h. personaje

C. Crucigrama

Copyright © Houghton Mifflin Company. All rights reserved.

HORIZONTAL

1. persona que da conciertos
2. El pintor mezcla los colores en la _____.
4. El Prado es un _____ de arte muy famoso.
5. Es un cuento de _____ ficción.
7. La _____ sinfónica da un concierto hoy.
8. tela
10. ¿Qué _____ literario prefieres?
13. historia en la que los personajes son animales
15. Para pintar necesito un _____ y pintura.
16. *flute,* en español
19. Dibuja muy bien. Me encantan sus _____.
20. Me gusta _____ música clásica.
21. Luis conduce la orquesta. Es el _____.
22. No es prosa. Es _____.
23. Es el personaje principal. Es el _____ de la obra.

25. Ricky Martin es un _____ muy famoso.
26. autor teatral

VERTICAL

1. Mozart fue un gran _____.
3. persona que hace estatuas
6. No pinta con óleo; pinta con _____.
9. Él pintó una _____ muerta.
10. Hoy vamos a la _____ de arte.
11. exposición
12. instrumento que tocan en las iglesias
14. grupo musical formado por cuatro personas
17. trama
18. La estatua no es de bronce; es de _____.
24. conjunto musical de tres personas

Cultura

De viaje. En esta parte del viaje va a visitar Costa Rica, Nicaragua, El Salvador, Honduras y Guatemala. Complete los párrafos, basándose en la información que sobre estos países aparece en el libro de texto.

COSTA RICA

Ud. está muy entusiasmado(a) con su viaje a Costa Rica porque ama la naturaleza y le han dicho que el _____ por ciento de su territorio está cubierto de bosques. Sabe que no podrá visitar todos los 24 _____ nacionales y reservas _____, pero piensa visitar varios de esos lugares.

Como a Ud. le encantan las frutas, piensa comer muchas _____ y muchas _____, frutas que son abundantes en el país.

Ud. está ahora en _____, la capital, y aunque no hay allí _____ altos como los hay en otras capitales, Ud. se siente atraído(a) por la hospitalidad de los costarricenses.

Una cosa que admira de este país es que tiene el mejor sistema _____ de Centroamérica. ¡El _____ por ciento de su población sabe leer y escribir!

Copyright © Houghton Mifflin Company. All rights reserved.

NICARAGUA

Aquí está Ud. ya en Nicaragua, el país más _____ de la América Central. Una cosa que le llama la atención es que Nicaragua es la tierra de los _____ y de los _____. Ud. está interesado(a) en ver el lago _____, que es uno de los mayores lagos de agua _____ de todo el mundo. Eso sí, no piensa ir a nadar allí porque le han dicho que allí hay _____ y otros peces de agua salada.

Ud. ya casi conoce _____, la capital, pero también quiere visitar las otras ciudades más importantes del país; _____ y _____.

EL SALVADOR

Después de ver el país más extenso de Centroamérica, Ud. se encuentra en El Salvador, que es el más _____; sin embargo Ud. ha leído que es el más densamente _____.

Otro dato que Ud. tiene sobre este país es que hay allí más de _____ volcanes. Ud. espera que no haya ninguna _____ volcánica ni ningún _____ mientras Ud. esté allí.

En _____, la capital, Ud. nota que allí hay muchas _____ manufactureras; de hecho esta ciudad es la más _____ de las ciudades de América Central.

HONDURAS

Al recorrer las tierras hondureñas, Ud. puede casi "ver" el magnífico imperio _____ que floreció unos _____ años antes de la llegada de los conquistadores.

Después de ver tantos volcanes en otros países centroamericanos, le llama la atención que aquí no haya ninguno, pero eso no es bueno para la _____, pues las tierras volcánicas son generalmente _____.

Se encuentra ahora en _____, la capital de Honduras. El nombre de la capital significa _____ en el idioma indígena.

Ud. no quiere perder la oportunidad de visitar _____, la mayor atracción turística del país.

Copyright © Houghton Mifflin Company. All rights reserved.

GUATEMALA

Ud. está ahora en Guatemala, que por su clima tan agradable está considerado como el país de la eterna _____. Ud. no puede menos que admirar sus bellísimos _____, que cubren el 40 por ciento del territorio.

Esta nación fue, en otros tiempos, el foco _____ más importante de la civilización maya. Más que _____, la capital, a Ud. le interesa visitar la ciudad maya de _____, uno de los sitios _____ más interesantes de toda América.

Otro lugar que Ud. no va a dejar de visitar es _____, que era antes la capital del país. Esta ciudad es hoy un centro de atracción _____ y de ella dijo el escritor _____ Aldous Huxley que era una de las ciudades más _____ del mundo.

Para escribir. Escriba un diálogo entre dos personas que tienen gustos muy diferentes en cuanto a la pintura, la música y la literatura. ¿Cómo explican sus preferencias?

_____

_____

_____

_____

_____

_____

_____

_____

_____

_____

_____

_____

Copyright © Houghton Mifflin Company. All rights reserved.

Actividades para el laboratorio

I. Estructura

A. Tell what you and the people mentioned will have done by next week, using the cues provided and the future perfect. The speaker will verify your response. Repeat the correct answer. Follow the model.

MODELO: Jaime / terminar las clases
Jaime habrá terminado las clases.

B. The speaker will make statements about what Ángel did. Say what the following people would have done, using the cues provided and the conditional perfect. The speaker will verify your response. Repeat the correct answer. Follow the model.

MODELO: Ángel fue al museo. (Diego / cine)
Diego habría ido al cine.

C. Answer the questions, using the cues provided. Pay special attention to the use of relative pronouns. The speaker will verify your response. Repeat the correct answer. Follow the model.

MODELO: ¿Quién es la señora que vino esta mañana? (la esposa del pintor)
La señora que vino esta mañana es la esposa del pintor.

D. Change the sentences from the passive voice to the active voice. The speaker will verify your response. Repeat the correct answer. Follow the model.

MODELO: La ciudad fue fundada por los españoles.
Los españoles fundaron la ciudad.

E. The speaker will make a statement and will then provide two reactions, using idiomatic expressions. Select the correct response. The speaker will verify your response. Repeat the correct answer. Follow the model.

MODELO: Ella es antipática.
Al contrario, es muy simpática.
A la larga, es muy simpática.
The correct response is: *Al contrario, es muy simpática.*

II. Diálogos

You will hear three dialogues. Listen to each dialogue twice. Pay close attention to the content of the dialogues and also to the pronunciation and intonation patterns of the speakers.

DIÁLOGO 1   DAVID

Ejercicio de comprensión. The speaker will ask you some questions about the dialogue. Answer them, omitting the subject whenever possible. The speaker will verify your response. Repeat the correct answer.

DIÁLOGO 2   EL SR. ALCALÁ

Ejercicio de comprensión. The speaker will ask you some questions about the dialogue. Answer them, omitting the subject whenever possible. The speaker will verify your response. Repeat the correct answer.

Copyright © Houghton Mifflin Company. All rights reserved.

DiÁLOGO 3   LUISA

Ejercicio de comprensión The speaker will ask you some questions about the dialogue. Answer them, omitting the subject whenever possible. The speaker will verify your response. Repeat the correct answer.

III. ¿Lógico o ilógico?

The speaker will make some statements. Circle **L** if the statement is logical and **I** if it is illogical. The speaker will verify your response.

1. L I   6. L I   11. L I
2. L I   7. L I   12. L I
3. L I   8. L I   13. L I
4. L I   9. L I   14. L I
5. L I   10. L I   15. L I

IV. Para escuchar y escribir

Tome nota. You will now hear an announcement about a sculpture exhibition. First, listen carefully for general comprehension. Then, as you listen for the second time, fill in the information requested.

APERTURA DE UNA GALERÍA

Día de la apertura: _____

Fecha: _____

Hora: _____

Nombre de la galería: _____

Nombre del escultor: _____

País de origen del escultor: _____

Tipos de esculturas que se exhiben: _____

Duración de la exhibición: _____

Copyright © Houghton Mifflin Company. All rights reserved.

Actividades de video

¡Pobre Carlos!

ANTES DE VER EL VIDEO

¿Quiénes, dónde, qué...? Para que Ud. tenga una idea de lo que va a ver, le damos la siguiente información.

Personajes: Carlos • Isabel • doña Nora (la mamá de Isabel)

Están en: La sala de Isabel y Carlos

Hablan de: lo que van a hacer con la mamá de Isabel • Los regalos de doña Nora • los planes de doña Nora • el programa que van a mirar • el cuadro que pintó doña Nora

DESPUÉS DE VER EL VIDEO

¿Quién lo dice? Indique quién dice lo siguiente.

1. _____ A mí me habría gustado mucho ir con Uds. al partido.

2. _____ Fue escrito por un poeta contemporáneo.

3. _____ Pero... esta noche hay un programa sobre pintura y escultura que no me quiero perder.

4. _____ No, ahora me interesa la pintura abstracta.

5. _____ ¿Qué es esto? Quiero decir... ¿cómo se titula?

6. _____ ¡Es perfecto para la sala de Uds.!

7. _____ ¿Quieres colgar el cuadro, por favor?

8. _____ Mamá y yo vamos a ir a la cocina a tomar una taza de té.

Comentarios. Con un(a) compañero(a), digan lo que Uds. harían si alguien les regalara un cuadro muy feo.

Tú y yo. Con un(a) compañero(a), hablen de lo siguiente.

1. las excusas que Uds. dan para no hacer algo que no quieren hacer

2. un regalo que recibieron y que no les gustó; lo que hicieron

3. de las invitaciones que Uds. reciben, cuáles aceptan y cuáles no aceptan y por qué

4. si tienen que elegir entre pasar un par de horas en una galería de arte o en un concierto de música clásica, qué escogen y por qué

5. lo que les gusta leer (novelas, cuentos, ensayos, poemas) y las ocasiones en que lo hacen

Copyright © Houghton Mifflin Company. All rights reserved.

LECCIÓN 5

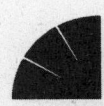

Estructura

I. Formas del presente de subjuntivo

Para completar. Complete el siguiente gráfico.

	Infinitivo	(que) yo	(que) tú	(que) Ud., él, ella	(que) nosotros	(que) Uds., ellos, ellas
1.	matar				matemos	
2.		haga		haga		
3.			vuelvas			vuelvan
4.	abrir	abra		abra		
5.		puedas			podamos	
6.	ir			vaya		vayan
7.	lograr		logres			
8.		sepa			sepamos	
9.	dormir		duermas	duerma		
10.		pida		pida		pidan
11.	seguir		sigas		sigamos	
12.		comience				comiencen
13.	tener			tenga		
14.		ponga			pongamos	
15.			aclares			aclaren
16.	decir			diga		

Copyright © Houghton Mifflin Company. All rights reserved.

Infinitivo	(que) yo	(que) tú	(que) Ud., él, ella	(que) nosotros	(que) Uds., ellos, ellas
17.	quiera			queramos	
18.		sirvas			sirvan
19. ver			vea		vean
20.	conozca			conozcamos	
21. dar		des			
22.	esté		esté		
23.		seas		seamos	
24. aprender					aprendan

II. El subjuntivo usado con verbos y expresiones de voluntad

Minidiálogos. Complete lo siguiente, usando el infinitivo o el presente de subjuntivo de los verbos que aparecen entre paréntesis.

1. —Nuestros padres nos sugieren que _____ (pasar) la luna de miel en México,

   pero nosotros preferimos _____ (ir) a Puerto Rico.

   —Yo te aconsejo que les _____ (decir) que ustedes quieren _____

   (visitar) San Juan.

   —Bueno... es importante que ellos _____ (estar) contentos con nuestra decisión,

   porque ellos pagan el viaje.

2. —Mi madrastra dice que es importante no _____ (malcriar) a los niños.

   —¿Quieres que yo te _____ (dar) un consejo? Sugiérele que no

   _____ (meterse) en tu vida.

   —No, yo no le quiero _____ (decir) eso.

3. —Mi suegra insiste en que nosotros la _____ (acompañar) a la boda de su

   sobrina.

   —¿Y ustedes no desean _____ (ir)?

   —No, nosotros preferimos que ella _____ (ir) con su hija.

4. —Anita, ¿quieres que te _____ (hacer) una taza de té?

   —No, no quiero que te _____ (molestar). Oye, Eva y yo vamos a ir a un

   restaurante mexicano. ¿Qué nos sugieres que _____ (pedir)?

   —Yo les recomiendo que _____ (comer) tamales verdes. ¡Son riquísimos!

5. —Mis padres no me permiten _____ (salir) con Antonio, pero no me prohíben

   que _____ (salir) con Ernesto.

   —¿Y vas a salir con Antonio?

   —No, porque no quiero que ellos _____ (enojarse).

Copyright © Houghton Mifflin Company. All rights reserved.

III. El subjuntivo usado con verbos y expresiones de emoción

Minidiálogos. Complete lo siguiente, usando el infinitivo o el presente de subjuntivo.

1. —Espero que tú _____ (poder) ver a tu familia.

   —No sé... Temo no _____ (poder) ir a visitarlos este mes.

2. —Me alegro de _____ (estar) con ustedes hoy.

   —Nosotros también nos alegramos de que tú _____ (estar) aquí.

3. —Lamento _____ (tener) que molestarlos, pero necesito ayuda.

   —No hay problema. Esperamos _____ (poder) estar en tu casa en una hora.

4. —Temo no _____ (poder) acompañar a mi nuera al médico.

   —Siento que tú _____ (tener) que trabajar hoy.

5. —Me sorprende que ellos no _____ (venir) hoy.

   —Pues yo me alegro de que no _____ (estar) aquí.

6. —Temo que mi nuera no _____ (hacer) más que regañar a los niños.

   —Sí, es una lástima que (ella) _____ (ser) tan impaciente.

IV. El subjuntivo para expresar duda, incredulidad y negación

En familia. Cambie cada oración de acuerdo con las palabras que aparecen entre paréntesis.

1. Mi hija y su esposo van de luna de miel a Acapulco. (Dudo que...)

   _____

2. Mi sobrino está comprometido con Eva. (No creo que...)

   _____

3. Ellos son recién casados. (No es verdad que...)

   _____

4. Dudo que mis nietos vayan a la boda. (Estoy seguro de que...)

   _____

5. Mi prima niega que Luis sea su novio. (Mi prima no niega...)

   _____

6. No es verdad que mis hijos no me respeten. (Es cierto que...)

   _____

7. Mis tíos pueden criar a los niños. (Es difícil que...)

   _____

8. Mi hermana y Luis van a contraer matrimonio. (Es improbable que...)

   _____

9. Creo que esa pareja es muy feliz. (No creo que...)

   _____

10. Mi suegra sabe lo que pasa aquí. (Es imposible que...)

    _____

Copyright © Houghton Mifflin Company. All rights reserved.

V. El subjuntivo para expresar lo indefinido y lo no existente

¡Podemos hacer más! Miguel Ángel Asturias, presidente del Comité Cívico, da un discurso sobre el futuro de su ciudad. Complételo, usando el presente de subjuntivo o el presente de indicativo de los verbos que aparecen entre paréntesis.

Hay varios programas que _____ (tratar) de resolver el problema del desempleo, pero no hay ninguno que _____ (tratar) de disminuir el crimen.

El problema de las personas sin hogar es muy grave. Las casas son muy caras... Conozco a una familia que vive en una casa que _____ (tener) dos dormitorios. Tienen cuatro hijos y buscan una casa que _____ (tener) más espacio, pero no encuentran nada.

No hay nadie que _____ (poder) resolver completamente el problema de la deserción escolar, pero sí podemos mejorar las escuelas. También necesitamos programas que _____ (ayudar) a los drogadictos.

Hay muchas personas que _____ (creer) que estos problemas pueden resolverse fácilmente, pero no es así. ¿Hay alguien que _____ (saber) lo que tenemos que hacer? Juntos, encontraremos soluciones.

VI. Expresiones que requieren el indicativo o el subjuntivo

Vida de estudiantes. Complete las oraciones con el equivalente español de las palabras que aparecen entre paréntesis.

1. Todos los días, en cuanto _____ de la universidad, llamo a mi mamá. (*I return home*)

2. No puedes tomar clases en la universidad sin que tus padres _____ el dinero para pagar la matrícula. (*give you*)

3. Cuando _____ , vamos a buscar trabajo. (*we graduate*)

4. Vas a quedar suspendido a menos que _____ . (*you study more*)

5. Le van a dar una beca con tal de que _____ en estadística. (*he majors*)

6. Siempre esperamos hasta que el profesor _____ . (*arrives*)

7. Marcelo no va a poder seguir sus estudios aunque _____ una beca. (*he gets*)

8. Tendremos que quedarnos aquí hasta que ellos _____ el examen. (*finish*)

9. En cuanto _____ al consejero, le vamos a hablar de nuestro programa de estudios. (*we see*)

10. Quizás _____ asistir a la facultad de medicina, pero lo dudo. (*he can*)

Copyright © Houghton Mifflin Company. All rights reserved.

Repaso general

El presente de subjuntivo. Complete los siguientes diálogos, usando el infinitivo, el presente de indicativo o el presente de subjuntivo.

1. —¿Qué quieres _____ (hacer) hoy, Pablo?

   —No sé... mi papá quiere que (yo) lo _____ (llevar) a la oficina porque su coche está en el taller. Y cuando él _____ (terminar) de trabajar, tengo que traerlo a casa.

   —Bueno, dudo que (tú) _____ (poder) hacer nada hoy.

2. —¿Vas a cenar ahora o vas a esperar hasta que los chicos _____ (llegar) a casa?

   —No creo que ellos _____ (llegar) antes de las seis, y yo tengo hambre. Además, ellos prefieren que (yo) no los _____ (esperar).

3. —¡Hola, Fernando! Me alegro de _____ (ver) que estás estudiando para el examen.

   —Sí, estoy seguro de que (yo) _____ (merecer) una "A". ¡Y no es verdad que los exámenes del Dr. Soto _____ (ser) fáciles!

   —¡Ya lo sé! Bueno, me voy para que (tú) _____ (seguir) estudiando.

4. —Mirta siempre prepara algo para comer, en caso de que sus hijos _____ (tener) hambre.

   —Sí, y no hay nadie que _____ (cocinar) mejor que ella.

   —Es verdad que Mirta _____ (ser) una excelente cocinera. Oye... Jorge dice que tu papá necesita una secretaria que _____ (saber) alemán. Yo conozco a una chica que lo _____ (hablar) muy bien.

   —Bueno, se lo voy a decir a papi cuando lo _____ (ver).

5. —Siento no _____ (poder) ir con ustedes al teatro esta noche. Mis padres quieren que (yo) _____ (conocer) a la hija de don José, que llega hoy de Madrid.

   —Es una lástima que (tú) no _____ (poder) ir. Espero que (tú) no _____ (tener) planes para mañana, porque queremos _____ (ir) a la playa.

   —Bueno... depende. ¿Por qué no me llamas esta noche, cuando (tú) _____ (volver) del teatro?

   —¡Vale! Te voy a llamar en cuanto (yo) _____ (llegar) a casa.

Copyright © Houghton Mifflin Company. All rights reserved.

VII. El imperativo: Ud. y Uds.

Órdenes y más órdenes. Cambie lo siguiente a mandatos y colóquelo en la columna correspondiente, según quién da la orden.

entregarme el examen / ir a la escuela / limpiar su cuarto /
archivar las cartas / traerme las solicitudes /
escribir la composición / estar en la clase a la una /
no mirar televisión / no darle los documentos al supervisor /
acostarse temprano / ser obedientes /
leer el programa de estudios / llevar las cartas al correo

El Sr. Paz a su secretaria	La Sra. Vega a sus hijos	El Dr. Soto a sus estudiantes
1. _____	1. _____	1. _____
_____	_____	_____
2. _____	2. _____	2. _____
_____	_____	_____
3. _____	3. _____	3. _____
_____	_____	_____
4. _____	4. _____	4. _____
_____	_____	_____
	5. _____	
	_____	

Vocabulario

A. Lea la descripción de estas personas.

1. Rodolfo: Yo no me llevo bien con nadie.
2. Beatriz: Yo me meto en la vida de los demás.
3. Nora: Yo sé comunicarme con mis amigos.
4. Mariana: Yo malcrío a mis nietos.
5. Carlos: Yo apoyo a mis amigos.
6. José: Yo molesto a todo el mundo.
7. Roberto: Yo doy buenos consejos cuando me los piden.
8. Isabel: Yo amo a mis familiares y a mis amigos.
9. Diego: Yo regaño a mis hijos constantemente.
10. Delia: Yo sé mucho sobre la crianza de los niños.

Copyright © Houghton Mifflin Company. All rights reserved.

Nombre _____ **Sección** _____ **Fecha** _____

Y ahora, complete lo siguiente.

Quiero que estas personas sean parte de mi vida:

1. _____, porque _____

2. _____, porque _____

3. _____, porque _____

4. _____, porque _____

5. _____, porque _____

No quiero que estas personas sean parte de mi vida:

1. _____, porque _____

2. _____, porque _____

3. _____, porque _____

4. _____, porque _____

5. _____, porque _____

B. Combine las dos columnas.

A	**B**
1. Tiene muy buenas notas. _____	a. Tiene un título universitario.
2. Terminó la escuela primaria. _____	b. Lo aprobó.
3. Acaba de graduarse de la universidad. _____	c. Va a asistir a la facultad de medicina.
4. No estudió. _____	d. Se va a especializar en psicología.
5. Quiere ser médico. _____	e. Pronto se gradúa.
6. Necesita dos requisitos. _____	f. Va a hablar con un consejero.
7. Sacó una B en el examen. _____	g. Le van a dar una beca.
8. Termina sus estudios el mes próximo. _____	h. Va a tomar inglés y matemáticas.
9. No sabe qué clases tomar. _____	i. Quedó suspendido.
10. Quiere ser psicólogo. _____	j. Va a asistir a la escuela secundaria.

Copyright © Houghton Mifflin Company. All rights reserved.

C. Crucigrama

HORIZONTAL

1. examen de mitad de curso: examen _____
3. la esposa de mi hermano
7. Tiene ocho años; asiste a la escuela _____.
10. Son _____ casados.
11. adicto a las drogas
14. boda
16. amor
17. la esposa de mi hijo
19. título universitario
21. El jefe de la policía habló de la _____ juvenil.
25. Debo mucho dinero. Tengo muchas _____.
26. *mortgage,* en español
27. opuesto de "quedar suspendido"
28. la hija de mi madrastra

VERTICAL

2. Van de _____ de miel.
4. lo que existe cuando muchas personas no tienen trabajo

5. Van a contraer _____.
6. estipendio que se le concede a un estudiante para que complete sus estudios
8. Lo van a _____ porque se portó mal.
9. lo que tiene una persona que está enferma
12. mostrar respeto
13. profesor universitario
14. Hablé con mi _____ financiero.
15. No tiene que pagar la _____ porque tiene una beca.
16. Sergio está _____ para casarse.
18. lo que le pagamos al IRS
20. dar consejos
22. Voy a mimar a mi nieto, pero no lo voy a _____.
23. amar
24. síndrome de inmunodeficiencia adquirida

Copyright © Houghton Mifflin Company. All rights reserved.

Cultura

De viaje. En esta parte del viaje va a visitar México y también va a aprender más sobre los mexicoamericanos, los puertorriqueños y los cubanoamericanos en los Estados Unidos. Complete los párrafos, basándose en la información que sobre este país y estos grupos de población aparece en el libro de texto.

MÉXICO

Viajando siempre hacia el norte, Ud. ha llegado al legendario México. A pesar de que aquí también floreció la cultura maya, la cultura dominante fue la de los _____. Ud. se maravilla ante la idea de que en su época, ellos ya entendían la _____, tenían un _____ bastante preciso y eran _____ muy hábiles.

Hoy en día, México ocupa el lugar número _____ entre las 175 naciones del mundo por su _____.

Ud. nota que hay muchas compañías de otros países, y que es verdad que la inversión _____ aumenta aceleradamente desde la firma del _____ de Libre _____ de Norteamérica.

Ud. aprovecha la ocasión para saborear la exquisita comida mexicana y escuchar la música de los _____.

Ud. ha regresado de su viaje por Latinoamérica y está de nuevo en su país. Sin embargo, todavía oye hablar español, ya que en los Estados Unidos viven unos _____ millones de hispanos.

Ud. ha visto que los hispanos no son una _____, que hay hispanos _____, _____, _____ y amerindios. Algunos son descendientes de los _____, que llegaron a este país antes que los peregrinos del *Mayflower*.

LOS MEXICOAMERICANOS

De todos los hispanos, Ud. sabe que el _____ por ciento proviene de México. El grado de asimilación a la cultura _____ es muy diverso, pero la mayoría conserva su lengua, sus _____, su unidad _____ y sus conceptos _____.

Muchos mexicoamericanos han tenido mucho éxito en la _____, en la educación, en las _____ y en la _____.

Copyright © Houghton Mifflin Company. All rights reserved.

LOS PUERTORRIQUEÑOS

Cuando Ud. estuvo en Puerto Rico, se enteró de que los puertorriqueños son

_____ americanos, y por eso pueden ir de un país a otro

_____. Es por esta razón que muchos de ellos consideran su

_____ en Estados Unidos como algo temporal y no llegan a integrarse

totalmente a esta _____.

Gran número de puertorriqueños ingresan en las fuerzas _____ de los

Estados Unidos, donde muchos alcanzan altos _____ y distinciones.

LOS CUBANOS

Como Ud. no pasó mucho tiempo en Cuba, se alegra de tener la oportunidad, ahora que está en

Miami, de conocer mejor la cultura cubana.

Ud. ha leído que los cubanos empezaron a llegar en grandes grupos en el año

_____, huyendo del _____ implantado en Cuba

por _____.

Los cubanos transformaron la ciudad turística que era Miami, en la gran metrópoli

_____ y _____ actual.

Para escribir. Un(a) primo(a) le ha pedido consejo sobre cómo mantener buenas relaciones con varios miembros de la familia (padres, esposo(a), hijos, nueras y yernos, etc.). Escríbale una lista de diez recomendaciones.

_____

_____

_____

_____

_____

_____

_____

_____

_____

_____

_____

Copyright © Houghton Mifflin Company. All rights reserved.

Actividades para el laboratorio

I. Estructura

A. Answer the questions, using the cues provided. The speaker will verify your response. Repeat the correct answer. Follow the model.

MODELO: ¿Qué quieren tus padres que tú hagas? (asistir a la universidad)
Quieren que asista a la universidad.

B. Answer the questions in the negative. The speaker will verify your response. Repeat the correct answer. Follow the model.

MODELO: ¿Ud. cree que todos los matrimonios son felices?
No, no creo que todos los matrimonios sean felices.

C. The speaker will make some statements. Change each one, using the new beginning. Pay special attention to the use of the subjunctive or the indicative. The speaker will verify your response. Repeat the correct answer. Follow the model.

MODELO: Conozco a alguien que sabe varios idiomas. (No conozco a nadie...)
No conozco a nadie que sepa varios idiomas.

D. Answer the questions in the affirmative, using the cues provided. Pay special attention to the use of the subjunctive or the indicative. The speaker will verify your response. Repeat the correct answer. Follow the model.

MODELO: ¿Podemos ir a la playa? (a menos que / llover)
Sí, podemos ir a menos que llueva.

E. Answer the questions, using **usted** commands and the cues provided. Change the direct objects to direct object pronouns. The speaker will verify your response. Repeat the correct answer. Follow the model.

MODELO: ¿Traigo a mi cuñada? (sí)
Sí, tráigala.

II. Diálogos

You will hear five dialogues. Listen to each dialogue twice. Pay close attention to the content and also to the pronunciation and intonation patterns of the speakers.

DIÁLOGO 1   ANÍBAL

Ejercicio de comprensión. The speaker will ask you some questions about the dialogue. Answer them, always omitting the subject. The speaker will verify your response. Repeat the correct answer.

DIÁLOGO 2   AMALIA

Ejercicio de comprensión. The speaker will ask you some questions about the dialogue. Answer them, always omitting the subject. The speaker will verify your response. Repeat the correct answer.

DIÁLOGO 3   ESTEBAN

Ejercicio de comprensión. The speaker will ask you some questions about the dialogue. Answer them, always omitting the subject. The speaker will verify your response. Repeat the correct answer.

Copyright © Houghton Mifflin Company. All rights reserved.

DIÁLOGO 4   RICARDO

Ejercicio de comprensión. The speaker will ask you some questions about the dialogue. Answer them, always omitting the subject. The speaker will verify your response. Repeat the correct answer.

DIÁLOGO 5   LA SEÑORITA MENA

Ejercicio de comprensión. The speaker will ask you some questions about what you heard. Answer them, always omitting the subject. The speaker will verify your response. Repeat the correct answer.

III. ¿Lógico o ilógico?

The speaker will make some statements. Circle **L** if the statement is logical and **I** if it is illogical. The speaker will verify your response.

1. L I	5. L I	9. L I
2. L I	6. L I	10. L I
3. L I	7. L I	11. L I
4. L I	8. L I	12. L I

IV. Para escuchar y escribir

Tome nota. You will now hear an excerpt from the ten o'clock news. First, listen carefully for general comprehension. Then, as you listen for a second time, fill in the information requested.

LA CONFERENCIA DE PRENSA

Nombre del gobernador: _____

Tema de la conferencia de prensa: _____

_____

Problemas que mencionó: _____ ,

_____ y _____

Sugerencias para resolver estos problemas:

1. La delincuencia juvenil:

_____

2. El desempleo:

_____

3. La deserción escolar:

_____

Copyright © Houghton Mifflin Company. All rights reserved.

Actividades de video

¿Hay boda o no hay boda...?

ANTES DE VER EL VIDEO

¿Quiénes, dónde, qué...? Para que Ud. tenga una idea de lo que va a ver, le damos la siguiente información.

Personajes: Carlos • Isabel • Gloria (una amiga de Isabel y Carlos) • doña Inés (la mamá de Gloria) • don Luis (el abuelo de Gloria)

Están en: La sala de Isabel y Carlos

Hablan de: la llegada de los invitados de Isabel y Carlos • los preparativos para la boda de Gloria y Sergio • los problemas entre Gloria y Sergio • los consejos de doña Inés • los consejos de don Luis • lo que decide hacer Gloria

DESPUÉS DE VER EL VIDEO

¿Quién lo dice? Indique quién dice lo siguiente.

1. _____ ¡Espero que sean puntuales! ¿Viene toda la familia?

2. _____ Tú y yo vamos a ayudarlos a preparar la boda.

3. _____ Gloria quiere que hables con Sergio.

4. _____ ¡No. no, no! Yo no quiero meterme en eso.

5. _____ ¡Sergio no me ama y su mamá y yo no nos llevamos bien!

6. _____ ¡Sé paciente! ¡Sergio es un buen muchacho!

7. _____ Dile que has cambiado de idea y que no quieres casarte con él.

8. _____ ¡Voy a su oficina ahora mismo para decirle que lo amo!

Comentarios. Con un(a) compañero(a), discutan lo siguiente: ¿Quién le dio los mejores consejos a Gloria, doña Inés o don Luis? ¿Por qué?

Tú y yo. Con un(a) compañero(a), hablen de lo siguiente.

1. los preparativos para una boda en los cuales Uds. tomaron parte: ¿Qué pasó?

2. Muchas personas creen que una boda debe ser un gran acontecimiento (*event*), con muchos invitados. Otras opinan que debe ser una ceremonia íntima a la cual asisten sólo los parientes cercanos y algunos amigos. ¿Qué piensan Uds.?

3. ¿Es mejor tener un noviazgo prolongado? ¿Cómo puede una pareja conocerse bien antes de casarse? Si alguien no se lleva bien con sus futuros parientes políticos, ¿qué debe hacer? ¿Qué piensan Uds.?

Copyright © Houghton Mifflin Company. All rights reserved.

LECCIÓN 6

Actividades para escribir

Estructura

I. El imperativo: tú

Órdenes y más órdenes... Ésta es la lista que el Sr. Vargas le dejó a su hija, que trabaja con él, diciéndole lo que tenía que hacer hoy. Cambie los infinitivos a mandatos, usando el imperativo **tú**.

Marcela: Debes preparar la campaña publicitaria, entrevistar al dibujante comercial y decirle que mande los dibujos para los emblemas. También debes hablar con el patrocinador del programa y pedirle una cita, pero no debes pedírsela para hoy. No debes olvidarte de grabar el programa infantil. Además, debes mandar al correo las cartas que están en mi mesa. Mañana debes venir antes de las nueve y hacer una fotocopia de los documentos que te di ayer.

1. _____
2. _____
3. _____
4. _____
5. _____
6. _____
7. _____
8. _____
9. _____
10. _____

Copyright © Houghton Mifflin Company. All rights reserved.

II. El imperativo de la primera persona del plural

Una cita. Rosa y su novio van a salir esta noche y ella le pregunta qué van a hacer. Use las palabras entre paréntesis y el imperativo de la primera persona del plural para contestar sus preguntas.

1. ¿Para qué hora hacemos las reservaciones para el restaurante? (las seis)

   _____

2. ¿Invitamos a Jorge para que vaya con nosotros? (no)

   _____

3. ¿Vamos en taxi o en tu coche? (mi coche)

   _____

En el restaurante

4. ¿Dónde nos sentamos? (lejos de la orquesta)

   _____

5. ¿Qué pedimos para tomar? (vino)

   _____

6. ¿Comemos pollo o pescado? (pescado)

   _____

7. ¿Cuánto le dejamos de propina al mozo? (15 dólares)

   _____

8. ¿Vamos al cine después? (No, no al cine, al teatro)

   _____

III. El imperfecto de subjuntivo: Formas y usos

¿Qué quería Alberto? Vuelva a escribir en el pasado lo que se dice de Alberto y de sus hermanos, cambiando los verbos que están en el presente de subjuntivo al imperfecto de subjuntivo.

1. Alberto quiere que yo vaya a Madrid y hable con el dibujante comercial. También quiere que traiga los emblemas y los deje en su escritorio.

   Alberto quería _____

   _____

   También quería _____

2. Alberto se alegra de que sus hermanos vengan a pasar la Nochebuena con él, pero siente que sus padres no puedan venir. Él espera que Silvia y yo tengamos tiempo para ayudarlo a envolver los regalos.

   Alberto se alegró _____

   Él esperaba _____

3. Alberto les sugiere a sus hermanos que vean el telediario de las diez y que no dejen de escuchar el discurso del alcalde. Les recomienda también que graben la conferencia de prensa por la noche.

   Alberto les sugirió _____

   Les recomendó también _____

Copyright © Houghton Mifflin Company. All rights reserved.

IV. El imperfecto de subjuntivo en oraciones condicionales

Si... Complete las oraciones condicionales, usando el imperfecto de subjuntivo. Utilice las frases dadas, según convenga.

ellos / salir a las siete	tú / estudiar más	tú / ponerte el abrigo
nosotros / tener dinero	tú / darme su número	ella / ser mi hija
él / estar enfermo	ellas / pedirme dinero	

1. _____, compraríamos ese coche.

2. _____, llegarían a las ocho.

3. _____, sacarías mejores notas.

4. _____, yo podría llamarla.

5. _____, yo no le permitiría salir sola.

6. _____, yo lo llevaría al médico.

7. _____, yo no se lo daría.

8. _____, no tendrías frío.

V. El pretérito perfecto de subjuntivo

Minidiálogos. Complete los siguientes minidiálogos, usando el pretérito perfecto de subjuntivo de los verbos dados.

1. —¿Dónde están los chicos? Espero que ya _____ (volver) del aeropuerto.

   —No creo que _____ (llegar) todavía.

   —¡Ay! Temo que Teresa no los _____ (encontrar).

2. —¿Hay alguien aquí que _____ (estar) en Sevilla?

   —No, aquí no hay nadie que _____ (viajar) a España.

3. —¡Ojalá que Daniel _____ (poder) ir a Barcelona!

   —Dudo que _____ (ir) porque tiene mucho trabajo.

   Además, él siempre dice que no le gusta viajar.

   —¡No es verdad que él _____ (decir) eso!

4. —Uds. deben estar muy cansados, porque nadie los ha ayudado.

   —¡Vamos! No es cierto que nosotros _____ (hacer) todo el trabajo solos.

5. —¿A qué cine vamos?

   —Al cine Rex. A menos que tú ya _____ (ver) la película que pasan hoy.

Copyright © Houghton Mifflin Company. All rights reserved.

VI. El pluscuamperfecto de subjuntivo

¿Qué había pasado? Vuelva a escribir las oraciones, cambiando los verbos al pluscuamperfecto de subjuntivo.

1. Ellos no habían visto el programa de concurso.

   Fue una lástima que _____

2. Nosotros habíamos vivido en España.

   Te dije que no era verdad que nosotros _____

   _____

3. Tú habías obtenido el papel principal.

   Tus padres se alegraron de que tú _____

4. Yo les había dicho la verdad.

   Ellos dudaban que yo _____

5. Marta había estado en la manifestación.

   Yo temía que Marta _____

VII. El pluscuamperfecto de subjuntivo en oraciones condicionales

Minidiálogos. Complete los siguientes minidiálogos, usando el pluscuamperfecto de subjuntivo.

1. —No fuiste a la fiesta de Marisol.

   —No me invitaron. Si me _____ (invitar), habría ido.

2. —No compraste la videocasetera.

   —La habría comprado si _____ (tener) suficiente dinero.

3. —Uds. no entrevistaron al gobernador.

   —Lo habríamos entrevistado si él _____ (estar) en el hotel.

4. —No fuiste al baile.

   —Habría ido si tú me _____ (decir) que Elenita iba a estar allí.

5. —Sergio no quiso visitar los museos.

   —Yo creo que habría ido si nosotros lo _____ (llevar).

6. —Elena me dijo que estaba muy cansada.

   —Sí, ella habla como si _____ (hacer) todo el trabajo ella sola.

Copyright © Houghton Mifflin Company. All rights reserved.

Vocabulario

A. Combine las dos columnas.

Quiénes	Lo que hicieron
1. el gobernador _____	a. entrevistó al alcalde
2. los trabajadores _____	b. eligió un nuevo presidente
3. los televidentes _____	c. hizo el papel de amante
4. ese actor _____	d. apagaron el incendio
5. dos escritores _____	e. hablaron de las elecciones
6. el reportero _____	f. tienen poder adquisitivo
7. los locutores _____	g. pasan cinco horas al día mirando la tele
8. el pueblo americano _____	h. diseñó un nuevo emblema
9. el dibujante comercial _____	i. se va a postular para presidente
10. los adolescentes americanos _____	j. escribieron el guión
11. los bomberos _____	k. miró dibujos animados
12. el niño _____	l. se han declarado en huelga

B. Escoja la respuesta correcta.

1. ¿Qué es La Rueda de la Fortuna?

   a. Un programa infantil.   b. Un programa de concursos.

2. ¿Tú suprimirías los programas violentos?

   a. No, no creo en la censura.   b. No, no creo en la actuación.

3. ¿Has leído todo el periódico?

   a. No, sólo el gobierno.   b. No, sólo los titulares.

4. ¿Qué hubo ayer?

   a. Una manifestación.   b. Una envoltura.

5. ¿Qué hicieron cuando oyeron el discurso?

   a. Aplaudieron.   b. Encendieron.

6. ¿Qué opinas del café Folgers?

   a. Es un buen lema.   b. Es una buena marca.

7. ¿Cuál es el mejor medio de difusión?

   a. La prensa.   b. El presentador.

8. ¿Por qué no vendió mucho ese producto?

   a. Porque no tiene programación.   b. Porque tiene mucha competencia.

Copyright © Houghton Mifflin Company. All rights reserved.

C. Crucigrama

HORIZONTAL

3. Hay dos _____ para gobernador.
5. No le interesa la _____ pública.
8. El _____ del alcalde fue interesante.
9. *Days of Our Lives* es una _____ muy popular.
13. fuego
14. programas para niños: programas _____
15. Tenemos elecciones para _____ al nuevo gobernador.
18. El _____ de televisión que prefiero ver es el cuatro.
23. Para vender un producto se necesita una buena _____.
24. Quiere ser presidente. Va a _____ en las próximas elecciones.
25. telediario
26. Hay demasiados anuncios _____ en la televisión.
27. opuesto de "apagar"

VERTICAL

1. En la Florida hay huracanes y en California hay _____.
2. aparato de video
4. persona que mira televisión
6. El gobernador va a dar una _____ de prensa hoy.
7. Los _____ apagan los fuegos.
8. La televisión y la prensa son medios de _____.
10. *Mickey Mouse* es un programa de dibujos _____.
11. Necesito el _____ remoto.
12. Los empleados no vinieron a trabajar porque están en _____.
16. Él quiere la _____ de televisión.
17. masculino: alcalde; femenino: _____.
19. representar
20. Ella tiene el _____ principal en la obra de teatro.
21. presentador
22. Voy a _____ el programa para verlo más tarde.

Copyright © Houghton Mifflin Company. All rights reserved.

Cultura

De viaje. En esta parte del viaje va a visitar España. Complete los párrafos, basándose en la información que sobre este país aparece en el libro de texto.

ESPAÑA

No ha pasado mucho tiempo en su país, cuando otra vez ha decidido viajar. Esta vez, emprende viaje hacia la legendaria España que, junto con Portugal, forman la Península _____.

En el avión, Ud. lee un libro sobre el país que va a visitar y se entera de que España ocupa el lugar número _____ entre los 175 países del mundo por su desarrollo humano. Se entera también de que España no es una república sino una _____, y piensa qué interesante sería ver al rey _____.

Ahora que Ud. habla bastante bien el español, piensa que quizás pueda aprender algunas frases en los otros dos idiomas importantes que se hablan en España: el _____ y el _____.

También se escuchan lenguas autóctonas en las regiones de _____ y de _____. ¡Caramba! Ud. nunca se había enterado de que el país es uno de los mayores productores mundiales de _____ y de _____.

Después de pasar unos días en _____, la capital, y en Barcelona, la gran ciudad catalana, Ud. planea visitar tres fascinantes ciudades del sur: _____, _____ y _____. Ud. sabe que muchas personas visitan España, pero no sabía que el turismo es una de las grandes fuentes de _____ del país.

Ud. cierra los ojos y se imagina estar en el Museo del Prado contemplando los cuadros de _____, _____, _____ y _____. Ahora Ud. piensa que sería una buena idea comprar la novela de _____, *Don Quijote.*

Para escribir. Explique el formato o la trama de su programa de televisión favorito: ¿Qué día y a qué hora se transmite? ¿Quiénes son los protagonistas y qué les pasa? (Si no mira televisión, explique la razón y lo que hace en lugar de mirarla.)

_____

_____

_____

_____

_____

_____

_____

Copyright © Houghton Mifflin Company. All rights reserved.

◆ **Entre nosotros**

Copyright © Houghton Mifflin Company. All rights reserved.

 Actividades para el laboratorio

I. Estructura

A. The speaker will make statements. Change them to **tú** commands. The speaker will verify your response. Repeat the correct answer. Follow the model.

MODELO: Tienes que escribir el lema.
Escribe el lema.

Now listen to the new model.

MODELO: No debes escribirlo.
No lo escribas.

B. Answer the questions, using the first person plural command and the cues provided. The speaker will verify your response. Repeat the correct answer. Follow the model.

MODELO: ¿Dónde nos sentamos? (aquí)
Sentémonos aquí.

C. Say what the people mentioned told others to do, using the cues provided and the imperfect subjunctive. The speaker will verify your response. Repeat the correct answer. Follow the model.

MODELO: Sergio me dijo: habla español.
Sergio me dijo que hablara español.

D. Change the following *if*-clauses to contrary-to-fact statements. The speaker will verify your response. Repeat the correct answer. Follow the model.

MODELO: Si yo puedo, voy.
Si yo pudiera, iría.

E. Change each sentence, using the new beginning and the present perfect subjunctive. The speaker will verify your response. Repeat the correct answer. Follow the model,

MODELO: Ellos han llegado. (Espero)
Espero que ellos hayan llegado.

F. Restate each sentence in the past, using the new beginning and changing the second verb from the present perfect subjunctive to the pluperfect subjunctive. The speaker will verify your response. Repeat the correct answer. Follow the model.

MODELO: Espero que haya terminado. (Esperaba)
Esperaba que hubiera terminado.

II. Diálogos

You will hear five dialogues. Listen to each dialogue twice. Pay attention to their content and also to the pronunciation and intonation patterns of the speakers.

DIÁLOGO 1   OLGA Y ALFREDO

Ejercicio de comprensión. The speaker will ask you some questions about the dialogue. Answer them, always omitting the subject. The speaker will verify your response. Repeat the correct answer.

Copyright © Houghton Mifflin Company. All rights reserved.

DIÁLOGO 2   MIRTA Y JORGE

Ejercicio de comprensión. The speaker will ask you some questions about the dialogue. Answer them, always omitting the subject. The speaker will verify your response. Repeat the correct answer.

DIÁLOGO 3   JOSÉ LUIS

Ejercicio de comprensión. The speaker will ask you some questions about the dialogue. Answer them, always omitting the subject. The speaker will verify your response. Repeat the correct answer.

DIÁLOGO 4   FERNANDO Y ALINA

Ejercicio de comprensión. The speaker will ask you some questions about the dialogue. Answer them, always omitting the subject. The speaker will verify your response. Repeat the correct answer.

DIÁLOGO 5   MARTA Y BEATRIZ

Ejercicio de comprensión. The speaker will ask you some questions about what you heard. Answer them, always omitting the subject. The speaker will verify your response. Repeat the correct answer.

III. ¿Lógico o ilógico?

You will hear some statements. Circle **L** if the statement is logical and **I** if it is illogical. The speaker will verify your response.

1. L I	5. L I	9. L I
2. L I	6. L I	10. L I
3. L I	7. L I	11. L I
4. L I	8. L I	12. L I

IV. Para escuchar y escribir

Tome nota. You will now hear a preview of the eleven o'clock news. First, listen carefully for general comprehension. Then, as you listen for a second time, fill in the information requested.

EL TELEDIARIO DE LAS ONCE

NOTICIAS NACIONALES

Nombre de la alcaldesa: _____

Ciudad: _____

En Barcelona: _____

En Bilbao: _____

NOTICIAS INTERNACIONALES

En Japón: _____

En la Florida: _____

Nombre de la telenovela: _____

Patrocinador del telediario: _____

Copyright © Houghton Mifflin Company. All rights reserved.

Actividades de video

Mirando la tele

ANTES DE VER EL VIDEO

¿Quiénes, dónde, qué...? Para que Ud. tenga una idea de lo que va a ver, le damos la siguiente información.

Personajes: Isabel y Carlos

Están en: La sala de su casa

Hablan de: los hábitos de Isabel y de Carlos en cuanto a la televisión • la propuesta de Isabel • lo que ven en el telediario • los dibujos animados

DESPUÉS DE VER EL VIDEO

¿Quién lo dice? Indique quién dice lo siguiente.

1. _____ ¡Te pedí que limpiaras el garaje y que le pusieras gasolina al coche!

2. _____ Hazme un favor: apaga el televisor por unos minutos.

3. _____ Además, tú miras tres o cuatro telenovelas todos los días...

4. _____ Bueno, pero hagamos una excepción: el telediario de las diez.

5. _____ Voy a preparar palomitas de maíz.

6. _____ ¡Ajá! ¡Estás mirando dibujos animados!

7. _____ A veces quiero olvidarme de lo que veo en las noticias.

8. _____ A mí también me gustan los dibujos animados.

Comentarios. Con un(a) compañero(a), discutan lo siguiente. Hay cuatro posibilidades: ver un programa de dibujos animados, un programa de concursos, una telenovela o el telediario. ¿Cuál escogen Uds. y por qué?

Tú y yo. Con un(a) compañero(a), hablen de lo siguiente.

1. lo que pueden hacer los padres para que los niños no pasen tanto tiempo mirando televisión

2. lo que ven en el telediario y qué canal tiene los mejores presentadores

3. los dos acontecimientos más importantes que tuvieron lugar la semana pasada

4. cómo se prepararían Uds. para participar en un programa de concursos como *Jeopardy*

Copyright © Houghton Mifflin Company. All rights reserved.

Familia de palabras

Con la ayuda de un diccionario, complete lo siguiente.

ADJETIVOS	VERBOS	NOMBRES
1. cancelado	cancelar	cancelación
2. _____	confirmar	_____
3. confuso	_____	_____
4. _____	_____	elección
5. sustituto	_____	_____
6. _____	pesar	_____
7. retrasado	_____	_____
8. _____	_____	amor
9. odioso	_____	_____
10. _____	_____	admiración
11. _____	asegurar	_____
12. acostumbrado	_____	_____
13. _____	aburrirse	_____
14. _____	_____	alegría
15. _____	atreverse	_____
16. jubilado	_____	_____
17. _____	vender	_____
18. solicitado	_____	_____
19. _____	_____	distinción
20. _____	comprender	_____
21. organizado	_____	_____
22. trabajador	_____	_____
23. _____	respetar	_____
24. juguetón (*playful*)	_____	_____
25. _____	divertirse	_____
26. programado	_____	_____

Copyright © Houghton Mifflin Company. All rights reserved.

ADJETIVOS	VERBOS	NOMBRES
27. _____	grabar	_____
28. _____	_____	envoltura
29. inundado	_____	_____
30. _____	pintar	_____
31. _____	_____	dibujo
32. exhibido	_____	_____
33. _____	confiar	_____
34. _____	_____	crianza
35. apoyado	_____	_____
36. _____	_____	enojo
37. temeroso	_____	_____
38. _____	comprometerse	_____
39. casado	_____	_____
40. _____	educar	_____
41. especializado	_____	_____
42. _____	graduarse	_____
43. nacido	_____	_____
44. _____	_____	disfraz
45. informativo	_____	_____
46. _____	retrasarse	_____
47. _____	_____	asesinato
48. organizado	_____	_____
49. _____	emplear	_____
50. dudoso	_____	_____
51. _____	_____	pensamiento

Copyright © Houghton Mifflin Company. All rights reserved.